4,- EB
w 30 ①

DAS CHAMÄLEON

Eine surreale Novelle

Beatrix M. Kramlovsky

WIENER FRAUENVERLAG

CIP-Titelaufnahme der Deutschen Bibliothek

Kramlovsky, Beatrix M.:
Das Chamäleon : eine surreale Novelle / Beatrix M. Kramlovsky. – Wien : Wiener Frauenverl., 1990
(Allgemeine literarische Reihe)
ISBN 3-900399-44-1

Gedruckt mit Förderung durch das BMfUKS und das Land Oberösterreich

Lektorat:
Sylvia Treudl
Umschlagbild und Illustrationen:
Marina Seiller Nedkoff
Datenkonvertierung:
PCG, Wien; technische Beratung: Gustav Freudmann
Druck und Bindung:
Wiener Verlag, Himberg; technische Beratung: Rudolf Leonardelli
© Wiener Frauenverlag 1990
ALLE RECHTE VORBEHALTEN
ISBN 3-900399-44-1

27. Juni

Die Prüfungstermine vergiften unser Zusammenleben. Jeder ist gereizt, hält seine Probleme für die größten, sucht Zuhörer und hat keine Zeit für andere. Anna und ich bereiten uns gemeinsam vor. Eigentlich haben wir erwartet, daß Jutka mit uns arbeiten wird, aber sie hat sich in den letzten Wochen etwas abgesondert.
Manchmal besucht sie ein Mädchen, dessen Gesicht mir in den überfüllten Hörsälen nie aufgefallen wäre, wenn es nicht beharrlich neben Jutka zu sehen gewesen wäre. Sie heißt Sabine, ist ein farbloses, sehr weich und nachgiebig wirkendes Wesen. Ihr Lachen ist schön, es erinnert an glitzernden Schnee. Jutka scheint sie wirklich gern zu haben, obwohl ich mich frage, was sie mit Sabine verbindet. Sie sind vollkommene Gegensätze, die vollendetsten Kontraste, die man sich vorstellen kann. Vielleicht ist es das. Ich kann es jedenfalls nicht verstehen, spüre aber, wie sich Jutka ändert. Sie stellt mehr Fragen, sie ist spontaner, geht öfter aus sich heraus.

***

Jutka verläßt den Prüfungsraum. Draußen wird sie umringt, bestürmt. Erleichtert fällt sie auf einen Stuhl, das dumpfe Gefühl im Magen ist verschwunden. *Wie gut, daß ich es niemanden merken ließ,* **denkt sie noch, zündet eine Zigarette an, winkt der nächsten Kandida-**

tin, genießt das entspannende Gefühl des Bestandenhabens.
Plötzlich geht die Tür auf und Sabine steht im Zimmer. Jutka erkennt eine Entschlossenheit in ihrem Blick, die ihr neu ist. In der Art, wie sie den Raum durchquert, liegt eine instinktive Abwehr gegen alles, was an sie herangetragen werden könnte.
Ich muß aufpassen, daß ich nichts Falsches sage, denkt Jutka noch, dann steht sie auf, geht Sabine entgegen, umarmt sie. Du hast die Prüfung bestanden, nicht wahr? Sabines Augen leuchten, als sei Jutkas Erfolg zugleich auch der ihre. Komm mit, das müssen wir feiern, komm mit, drängt sie.
Jutka nimmt die Tasche, läuft neben Sabine zur Treppe hin und fragt, obwohl sie die Frage nicht stellen möchte: Warum hast du deine Anmeldung zurückgezogen? Warum bist du nicht angetreten?
Ich konnte zu wenig.
Das gibt es nicht. Wir haben zusammen gelernt. Du hast den Stoff beherrscht.
Na gut, ich wollte nicht.
Du wolltest nicht? Jutka bemerkt die Veränderung in Sabines Gesicht und wünscht, sie hätte nicht weitergeredet.
Nein, ich wollte nicht mehr. Komm, wir gehen hinüber ins Café, ich lade dich ein, ich darf dich doch einladen? Bitte, ich wünsch es mir.
Jutka lacht. Was ist? Hat dir die Oma Geld gegeben?
Nein, aber ich will deine Prüfung wirklich feiern und außerdem, was machst du heute abend?

Ich bleibe im Heim. Ich bin eingeladen. Eine Chinesin kocht für uns. Warum fragst du?
Ich hätte gerne etwas mit dir unternommen, aber es ist nicht so wichtig.
Wo ist Markus?
Hier in Wien. Wir setzen uns doch ins Freie, oder? Dorthin?
Die luftigen Kleider leuchten in der grellen Sonne, Burschen haben ihre Hemden ausgezogen, auf ihren nackten Oberkörpern liegt ein leichter Schweißfilm. Der Schanigarten wirkt wie ein Tor zum Urlaub, zum Sichgehenlassen, zum ausschließlichen Genuß physischer Freuden. Nur die Bücher, das hektische Geblättere und Suchen nach bestimmten Antworten, das gegenseitige Abfragen und Überprüfen, die Nervosität, die sich der meisten bemächtigt hat, die geröteten Augen, die von durchlernten Nächten und zu wenig Schlaf zeugen, stören das Bild.
Jutka steuert hinter ihrer Freundin auf zwei leere Sessel zu, da fällt es ihr auf. Sabines Gang ist gelöst, wirkt heiter und unbeschwert, völlig unbelastet von den Problemen, die rundherum andere berühren. Sabine wirkt wie ein Fels im Moor, sie löst in Jutka ein Gefühl aus, als gehe sie die Umwelt nichts an, als sei sie durch eine unsichtbare Wand von allem abgetrennt, als ob es nichts außer ihr selbst, ihren Phantasien und Ideen gebe, ein völlig autarker Mensch, der nichts mit den anderen zu tun hat und zu tun haben will.
Plötzlich spürt Jutka einen stechenden Schmerz. Auch sie scheint ausgeschlossen zu sein, auch sie scheint

nicht mehr ein notwendiger Bestandteil, ein wichtiger Stein in Sabines Puzzle zu sein.
Sabine dreht sich um. Ihre Augen leuchten jetzt. Sie lächelt ihr überwältigendes, warmes Lächeln, legt ihre Finger auf Jutkas Hand. Jutka spürt die warmen Finger. In der sommerlichen Hitze wird ihre Haut sofort feucht, die Hände scheinen durch den Schweiß aneinander zu kleben. Sie fühlt die vertraute Rundung von Sabines Handteller, die weichen Fingerkuppen. *Welche Ironie*, denkt Jutka. *Vor wenigen Wochen schien sie mich noch zu brauchen, um ihr Leben zu lenken und zu bestimmen und jetzt das... Bin ich anders geworden? Hat sie sich so stark verändert?... Wieso habe ich das nicht gemerkt? Ich muß meiner selbst sehr sicher gewesen sein, daß ich das übersehen konnte...*
Schweigend löffelt sie ihren Eiskaffee.
Ich werde Mary Yen anrufen, ob du auch kommen kannst, sagt Jutka plötzlich. Sabine schaut erfreut auf.
Glaubst du, daß sie nichts dagegen hat?
Sie liebt Gäste. Sie sagt, sie fühlt sich nur dann wohl, wenn ihr Zimmer übergeht vor Menschen, die sie füttert.
Oh. Glaubst du, daß Markus auch...
Aber ja, ich werde sie fragen. Wie oft siehst du ihn?
Fast jeden Tag, er kommt nach der Schule zu mir, kocht und führt meinen Haushalt.
Ein praktischer Mann.
Mm.
Was ist los mit dir? Willst du ihn nicht mehr?
Ich weiß es nicht. Ich weiß es einfach nicht. Deswegen fahre ich ja weg, um das herauszufinden.

Wann fährst du? Morgen?
Ja, morgen. Darum will ich ja den Abend mit dir verbringen.
Und die zwei Prüfungen?
Ich habe mich bereits abgemeldet.
Aber Sabine! Du verlierst ein ganzes Semester. Das ist es doch nicht wert.
Die Prüfungen sind mir nichts wert. Das ist etwas ganz anderes, viel Entscheidenderes.
Glaubst du nicht, daß das ein bißchen dumm ist?
Nein.
Jutka schlürft verdutzt den Rest Kaffee. Ich glaube, ich rufe schnell Mary Yen an, warte hier, sagt sie schließlich und erhebt sich.

Aus dem Radio dröhnt eine volle Männerstimme, ein Mädchen wiegt sich dazu im Takt, hält ein Glas in der Hand. Ihre schwarzen Haare schimmern fast blau, ihre dunkel gebräunte Haut trägt den sanften Ockerton der Asiaten.
Sie dreht sich um, als sie das Einschnappen der Terrassentür hört, läuft auf Jutka zu, stellt sich auf die Zehenspitzen, küßt sie. Ihr flaches Gesicht verläuft in einer schön geschwungenen Linie hinunter zum spitzen Kinn. Ihre mandelförmigen Augen leuchten unter den breiten Lidern schalkhaft, die kleine Nase besteht nur aus vibrierenden Flügeln, einer rosigen Kuppe, die sich ohne Rücken direkt aus dem Gesicht erhebt. Ihre Lippen sind breit, rot geschminkt, weich.
Sie legt den Kopf zur Seite, wirft einen schnellen Blick

auf Sabine, lächelt, der Mund öffnet sich, zwischen den weißen Zähnen wird eine rosa Zunge sichtbar. Mit einer einzigartigen Bewegung wendet sie sich ihr zu.
Ich bin Mary Yen und du bist Jutkas Freundin.
Ihre Stimme klingt wie tausend helle Glocken, die Zähne leuchten wieder, in den Augen sprüht Feuer.
Staunen liegt auf Sabines Gesicht, ihre Stimme ist sogar belegt, als sie sich vorstellt, ungelenk schüttelt sie Marys Hand, schmale lange Finger mit kräftigem Druck.
Mary dreht sich um, hebt einen Arm, weist auf die Liegestühle, die Saftkaraffe auf dem Tisch, scheint die Welt anzubieten, ihre Geste ist voller Anmut, Verhaltenheit, Wissen.
Darf ich dich zeichnen? bricht es aus Sabine heraus.
Die Sonne brennt heiß auf die Betonplatten der Terrasse, vom angrenzenden Park steigt süßer Duft auf, die Luft flimmert in der Hitze. Selbst die Vögel verstummen fast, nur manchmal hört man das ermattete Tschilpen eines Spatzen. Im Nußbaum gurren zwei Ringeltauben.
Sabine sitzt halb unter einem weit ausladenden Kastanienzweig, auf ihren Schenkeln spielen Licht und Schatten. Mary Yen unterhält sich mit Jutka. Sie hat lebhafte ungezwungene Bewegungen. Sabine skizziert sie, versucht, den ständig wechselnden Ausdruck im Gesicht, in ihrer Körperhaltung zu fixieren. Sie arbeitet so konzentriert wie schon lange nicht mehr, sieht nur den Kopf, die Gliedmaßen, die flachen Muskelstränge, selektiert, zerlegt, seziert, baut wieder zusammen.

Jutka betrachtet Sabine. Zum ersten Mal fällt ihr ein Zug um den Mund auf, eine Linie, die sie nicht kennt. Alles Verspielte, zum Lachen Bereite ist verschwunden, ernst, alles Störende ausschließend, so wirkt Sabines Gesicht jetzt. Jutka fühlt plötzlich flammende Zärtlichkeit für sie, für diesen neuen Wesenszug, das Erwachsene in ihr, die ihr immer als Kind erschienen ist. Sie möchte aufspringen, hinlaufen, sie in die Arme nehmen und schreien: Bitte, geh nicht weg, du bist so wichtig für mich. Aber sie bleibt sitzen, wagt es nicht, die aufgebaute Abschirmung Sabines zu durchbrechen. Sabine merkt nicht einmal den Lärm, die Gitarrenmusik aus dem Radio. Sie sieht nur die Figur von Mary Yen, und ihre Hand fliegt über das Papier.
Schließlich blickt Sabine auf, ihre Augen begegnen Jutkas Blick. Jutka erkennt, wie sie sich verändern, wie plötzlich Lichter darin sprühen, das Gesicht offen und weich wird. Sabine sieht Jutkas Aufmerksamkeit auf sich gerichtet und fühlt Unsicherheit. Sie lächelt zaghaft, erhebt sich, ein Blatt fällt zu Boden, sie bückt sich, um es zurückzulegen. Mary Yen nimmt die Zeichnungen, wirft einen Blick darauf, hebt erstaunt die Augenbrauen.
Ich wußte nicht, daß du so gut zeichnen kannst.
Aus den nervösen Strichen formt sich eine Bewegung, ein angedeuteter Schwung, eine vorweggenommene Haltung, festgehaltene Grazie. Mary Yens Hände, ihre zierlichen Füße mit den gar nicht dazupassenden aufgeworfenen Zehen, die schimmernde Haut ihrer Schenkel, die matten Schatten in ihren Achselhöhlen, die zar-

te, fast kindliche Brust, der etwas zu lange Oberkörper mit der biegsamen Taille, das wunderbar ebenmäßige Gesicht, das Feuer ihrer Augen, die Lebhaftigkeit ihres Ausdrucks und die Mimik ihres Mundes leben auf dem Papier mit einer Intensität, die durch das Schwarzweiß, das Gekreuze und Geflecht der Linien noch an Stärke gewinnt.
Sabine reibt sich die schweißnassen Hände, geht zum Tisch, schenkt sich Saft ein, trinkt in langen, gierigen Zügen. Sie fühlt sich leer und glücklich.
Es ist das Beste, das ich je gezeichnet habe, ruft sie. Alles stimmt. Schaut es euch an. Ich habe das Licht eingefangen, da gibt es nur Licht, Schatten, Konturen, fließende Bewegungen, alles scheint im Wandel und ist doch bestehend. Ich kann zeichnen!
Jutka legt einen Arm um Sabines Schulter.
Aber das bezweifelt doch niemand. Natürlich kannst du zeichnen. ...Warum fährst du eigentlich weg. Ich werde dich vermissen.
Sabine ist verwundert. Sie kann es kaum glauben, für Jutka so wichtig zu sein, daß eine mehrwöchige Abwesenheit sie beunruhigt. Es erschüttert ihre Vorstellung von einer unabhängigen, auf sich gestellten, starken Jutka.
Seltsam, daß ich sie nie zeichnen wollte.

Als die Schatten länger werden, taucht Markus auf. Ein leiser Wind hat sich erhoben, er bringt die Blätter zum Singen, die Schwüle löst sich auf. Schwalben schießen pfeilschnell zwischen den Bäumen hindurch, machen Jagd auf die tanzenden Mückenschwärme.

Hast du schon die Bilder gesehen, die Sabine heute gezeichnet hat? fragt Jutka und hält Markus die Blätter hin. Er nimmt die Zeichnungen vorsichtig, als wüßte er nichts Rechtes damit anzufangen, wirft einen Blick drauf, stockt, sieht rasch weiter.
Ich verstehe davon nichts, weißt du. Sie wirken schön, ein bißchen chaotisch, findest du nicht? Wer soll es denn sein?
Mary Yen, das Mädchen, von dem wir eingeladen sind.
Aha.
Er zuckt mit den Schultern, legt die Skizzen zurück, beugt sich über das Geländer. Sabine schaut auf seinen breiten Rücken, die schmalen Hüften, die dünnen Beine in den ausgebeulten Jeans. Sie greift nach einem Bleistift, nimmt Jutkas Notizblock, entwirft mit wenigen Strichen eine Karikatur, lange, leicht nach außen gedrehte Beine, einen kleinen, eckigen Po, das Rückgrat, das sich wie eine abgenagte Fischgräte unter dem Leiberl wölbt, die breiten Schultern. Den Kopf sieht man nicht, auch nicht die Arme, die Markus verschränkt hat. Statt des Geländers malt Sabine ein Herz, es sieht aus, als beuge sich ein geschlechtsloses Wesen weit vornüber in das Organ, ertrinke darin. Monstrum, schreibt Sabine darunter, reißt den Zettel ab, drückt ihn Jutka in die Hand.

Mary Yens Zimmer quillt über von Bildern, Büchern, Noten. Auf dem Boden stehen Kisten, Bretter sind darübergelegt, verschiedenfarbige Seidentücher schmücken malerisch und reichlich die so gewonnenen Abstell-

flächen. Schalen, henkellose Tassen, zart bemalte Teller und Stäbchen stehen bereit, auf dem Schreibtisch steigt Dampf aus der Teekanne.
Satt lehnt sich Markus zurück. Wärme strahlt in ihm, er beobachtet Sabine. Sie muß lachen, versucht, ein Fleischstück aufzuspicßen. Markus betrachtet ihre Schulter, die hellen Arme, die sanfte Wölbung ihrer Brust, fast zornig legt er seine Hand auf ihren Rücken. Sie dreht sich kurz zu ihm, ihre Augen blitzen, sie wendet sich wieder den anderen zu. Markus spürt einen Klotz im Hals. Er denkt an ihre bevorstehende Abfahrt, an die wenigen Stunden, die er noch mit ihr verbringen kann, an diese kurze Zeit, die er mit Fremden teilen muß. Voller Angst vermeint er einen Augenblick, sie wolle nicht mit ihm allein sein, schiebe bewußt den Moment des Aufbruchs hinaus, schenke mit Bedacht allen, nur nicht ihm, ihre Aufmerksamkeit. Krampfhaft versucht er, die aufflammende Eifersucht zu überwinden, sich wieder am Gespräch der anderen zu beteiligen. Er streichelt über Sabines Rücken, legt seine Hand auf ihren Schenkel, drückt kurz zu. Sabine läßt sich nicht unterbrechen, aber sie schiebt ihre Hand in die seine, spielt mit seinen Fingern, und Markus wischt erleichtert die schmerzenden Gedanken beiseite.
Komm, wir gehen, drängt er später.
Sie stehen in dem grell beleuchteten Gang, er drückt sie gegen die Wand, sucht ihren Mund, fährt mit seiner Zungenspitze über ihre Lippen. Sabine geht in die Küche, wo Jutka engumschlungen mit einem braungelockten Burschen tanzt. Sie beugt sich zu Jutkas Kopf, küßt

sie auf die Wange. Jutkas Augen öffnen sich, sie schaut Sabine lange an, lächelt.

Die Koffer stehen gepackt im Flur, alles riecht nach Aufbruch. Sabine stolpert hinter Markus ins Zimmer. Er nimmt ihren Kopf zwischen seine Hände. Sie spürt seine Lippen, die weich und schmeichelnd ihr Gesicht mit kurzen Küssen bedecken, hat das Gefühl, gleich bersten zu müssen, als sprenge sie seine Behutsamkeit, läßt sich überwältigen, küßt Markus wider, als hänge ihr Leben davon ab, mit einer Wildheit, die ihm fremd ist und ihn entzückt. Er streichelt sie lange, genießt das Hinausschieben des Höhepunktes, zelebriert die Vorfreude, spürt Sabines wachsende Ungeduld, wie schwer sie ihren Körper beherrscht, wie sehr sie die Verschmelzung herbeisehnt. Als er in sie eindringt, meint sie fast, das Gefühl nicht ertragen zu können, in der Stärke der Empfindung zu versinken. Sie merkt, wie sich alles in ihr öffnet und bereithält, als sei nichts, nichts auf der Welt mehr wichtig, als existiere nichts anderes, nur das pulsierende Glied und ihr wildklopfendes Herz, dessen Schläge überlaut in ihrem Kopf dröhnen, schnell und unregelmäßig, während Markus zustößt, wieder und wieder, bis sie einander entgegenstürzen, die Schranken aufreißen, verkeilt sich fallenlassen und ineinander verströmen im befriedigten Gefühl endgültiger, orgiastischer Auflösung.

***

Die Ferien haben begonnen, das Heim leert sich, es wird aber nicht leiser. Auf der Sonnenterrasse ist ständig etwas los, die meisten Ausländer bleiben in Wien, genießen den Sommer, versuchen, das Haus zu verzaubern.

Jutka hat die Prüfungen am besten bestanden und scheint sich am wenigsten darüber zu freuen. Vielleicht ist sie es auch schon gewohnt, Erfolg zu haben. Das unterscheidet sie von uns. Wir müssen für einen Sieg kämpfen, sie weiß bereits im voraus, daß er ihr sicher ist. Sie wird zu ihren Verwandten nach Amerika fliegen, aber es packt sie kein Reisefieber. Es ist, als gehe sie über Watte, auf Wolken, als habe sie keine Verbindung zu anderen menschlichen Wesen, weil ihr deren Schwächen fehlen. Nur dieses Mädchen Sabine kann sie aus der Ruhe bringen.

Gestern abend feierten wir Abschied, die Gruppe, Mary Yen, Anna, Jutka und ich. Zuerst blödelten wir nur herum, waren reichlich albern. Irgendwann holte Mary aus ihrem Zimmer eine asiatische Maske. Das brachte uns auf die Idee, aus Packpapier Gesichter zu schneiden, sie zu bemalen, mit Gummiringerln zu versehen und unsere Köpfe hinter den verzerrten, komisch verzogenen, grausamen, verrückten, naiven, wahnsinnigen Gebilden zu verbergen. Wir spielten Theater, tranken und spielten wieder. Aber Jutka war die einzige, die Leben erwecken konnte, vielleicht auch nur deshalb, weil sie die richtigen Worte zur

richtigen Maske im richtigen Ton fand. Aber mich schaudert jetzt noch, wenn ich an ihre Darstellung des Wahnsinnigen denke. Sie jagte uns Schauer über den Rücken, ihre Larve war plötzlich lebendig, sie litt und klagte und lachte irr, brabbelte Unzusammenhängendes und drohte, sabberte und schrie. Es war entsetzlich.
Als sie die Maske wieder abnahm, war sie ganz ruhig. Ihr Gesicht war kein bißchen rot oder aufgeregt, als ob nichts geschehen wäre. Da hatte ich einen Augenblick lang wirklich Angst.

***

Sue redet ununterbrochen, ihre Hände beschreiben Bögen und Arabesken über dem Lenkrad, ihre Stimme klingt aufgeregt, während sie versucht, den Weg zu erklären und gleichzeitig einige Jahre Familiengeschichte zu referieren. Jutka hört ihr nur halb zu, ihre Gedanken sind noch immer in Europa, sind dem schnellen Ortswechsel nicht gefolgt, lassen den Körper mit seinen Instinkten allein. Jutka sieht den Abfall auf den Straßen, das Herumwirbeln von Papierfetzen, riecht den Gestank aus den überquellenden Mistkübeln und fühlt sich unendlich einsam.
Sue läßt die Wolkenkratzer hinter sich, biegt nach rechts, sie kommen in ein Viertel mit niedrigen Häusern, verkümmerten Bäumen, Cafés sind noch offen, zwei junge Männer umklammern, küssen einander gierig, schließen die Welt aus, löschen die Umgebung aus

in ihrer Umarmung. Vor einem Ziegelhaus mit weißumrandeten Fenstern bleibt Sue stehen. Sie steigen aus, nehmen Jutkas Gepäck, schließen die Tür auf, betreten einen altmodischen Lift, in dem es nach kaltem Zigarettenrauch stinkt, und der sich ächzend ruckweise in Bewegung setzt.
Du wirst jetzt schlafen, erklärt Sue. Du wirst es zumindest versuchen. Ich rufe dich später an, ich werde dich nicht stören, die Wohnung gehört dir, ich wohne bei Freunden.
Jutka nickt nur.
Das quadratische Vorzimmer ist vollgeräumt mit Taschen und Körben, die Laden einer altmodischen Kommode stehen halboffen, sind leer, offensichtlich bereitgestellt für Jutka. In der Küche, einer mit Herd und Kühlschrank ausgefüllten Nische, hockt eine weiße Katze, den Schwanz zierlich um die Pfoten gelegt, beobachtet mit schräggestelltem Kopf und zuckenden Ohrspitzen Jutkas Bewegungen.
Sue geht voraus in das Zimmer, draußen wird es schon hell. Vor den Fenstern gibt es keine Vorhänge, sie sind unterteilt in schmale Rechtecke, als dunkle Gitter heben sich die Rahmen und Kreuze ab. Eine Feuerleiter zerschneidet die Aussicht, zerhackt die schlanke Silhouette des im Morgendunst auftauchenden Empire State Buildings. Auf der anderen Seite sieht Jutka flache Dächer, einen schiefen Kamin, eine verschlafene Kreuzung, einen schmalen Garten mit blühenden Sträuchern und dahinter schimmert im fahlen Licht das elegante Zwillingspaar des World Trade Centers.

In einer halben Stunde kommen die Müllfahrer, warnt Sue, beginnt zu lächeln: Du bist anders als ich dachte und hörte.
Ach?
Ich habe dich während der Fahrt beobachtet. Du hast die Hälfte von dem, was ich dir erzählte, gar nicht gehört. Das macht zwar nichts, den Familienkram wirst du hier noch oft genug hören. Aber ich wette, du schleppst etwas mit dir rum und willst es hier loswerden.
Und was, deiner Meinung nach, will ich hier loswerden?
Eine Liebesgeschichte vermutlich.
Sie trällert beim Weggehen.
Langsam kriecht die Sonne herauf. Jutka kann nicht schlafen. Die weiße Katze ist ins Zimmer gekommen, auf das Bett gesprungen und hat sich zwischen den Polstern zusammengerollt. Unten auf der Straße rattern die ersten Wagen vorbei, der Himmel wird milchig blau.
Jutka geht ins Badezimmer, stellt sich unter die Dusche. Der harte Strahl macht sie munter, sie genießt die Massage und das Prickeln auf ihrer Haut. Während sie sich einseift, glaubt sie draußen ein Geräusch gehört zu haben. *Die Katze*, beruhigt sie sich, *was frißt eine Katze eigentlich?* Sie schließt die Augen.
Sue? fragt ein Mann sehr leise, schiebt den Duschvorhang zur Seite, hält erstaunt inne.
Jutka öffnet die Augen, bleibt im ersten Augenblick regungslos stehen, sieht das bärtige dunkle Gesicht, die

fast schwarzen Augen, die mit offensichtlichem Vergnügen ihre Figur mustern, den breiten Mund, der sich zu einem Lächeln öffnet, Pardon sagt und weiterlächelt.
Sie ist nicht hier, murmelt Jutka und versucht, den Duschvorhang zwischen sich und den beunruhigenden Blick zu zerren.
Das sehe ich. Soll ich den Rücken einseifen?
Jutka dreht sich wortlos um, verkrampft und überrumpelt. Als einige Augenblicke vergehen, ohne daß sie Seife oder Hand spürt, dreht sie sich um.
Der Mann zieht gerade seine Socken aus, ist fast nackt und in seinen Bewegungen liegt eine so natürliche Anmut, daß Jutka ihm fasziniert zusieht, spürt, wie ihr Körper aufwacht, sich bereithält, versucht, sie zu überlisten, den Verstand auszuschalten.
Ich kann besser einseifen, wenn mein Hemd dabei nicht naß wird, sagt der Mann.
Jutka nickt: Das scheint in diesem Fall sehr vernünftig zu sein. Ihre Stimme ist ernsthaft und der Mann bricht in Lachen aus. Er lacht noch immer, als er schon hinter Jutka unter der Dusche steht, sie seine Hände auf ihrem Rücken spürt, sich langsam lockert, dem Druck seiner Fingerspitzen nachgibt, fühlt, wie die Komik der Situation umschlägt in erotische Spannung, der fremde Körper mit seinem unbekannten Zauber ihr entgegenkommt. Sein Lachen bricht ab, sie läßt sich fallen.

Ich verstehe nicht, wie du dich dort drüben wohlfühlen kannst, meint Sues Mutter kopfschüttelnd. Ich wollte

nie wieder zurück und du wirst hier eine Menge Verwandte treffen, die überall hin auf Urlaub fahren, bloß nicht nach Wien.
Ich bin nicht nach New York gekommen, um die Familie zu treffen, sagt Jutka nachdenklich und beißt in einen Apfel.
Sue kichert. Ihre Mutter mustert Jutka scharf, lenkt dann mit offensichtlicher Anstrengung ein.
Du hast sehr viele Verwandte und Freunde hier, die dich alle sehen und Neuigkeiten erfahren wollen. Deine Schwester erzählt eine Menge.
Aber sie weiß doch von nichts, fährt Jutka auf.
Verwandte wissen immer, entgegnet Sues Mutter, und du bist interessant genug als Gesprächsstoff.
Jutka schaut verstohlen aus dem Fenster. Der Himmel ist blau, ein kleines Rechteck schimmert zwischen den Beton- und Ziegelwänden. Jutka möchte hinaus, verläßt im Geist ihren Körper, läßt ihn zurück in dem dunklen Zimmer mit den abstrakten Gemälden, läßt ihre Stimme zurück, um unverfängliche, unpersönliche Antworten auf neugierige Fragen zu geben, schwebt hinaus aus dem Fenster, direkt in das Blau über den Häusern, fliegt an Hunderten von Fenstern vorbei, sieht hinter den nackten, vorhanglosen Scheiben eingesperrtes Büchsenleben, eine Abart des vorherigen, unterscheidbar durch den Tisch, hinter dem die unterleibslosen Geschöpfe sitzen, zahllose Hände, die tippen, schreiben, Telephonhörer halten, tausend müde Gesichter über gebeugten Rümpfen, verbreiterten Taillen, schwammigen

Schultern. Jutka läßt sie alle hinter sich, stürmt mitten in das Blau, springt hinein.

Am Washington Square produziert sich ein Feuerschlucker. Rundherum stehen Kinder, Studenten, bunt gekleidete Gestalten. Dicht belaubte Zweige verdecken das Licht der Laternen, aus dem Mund des Mannes in der Kreismitte schlägt eine Flamme, beleuchtet das Gesicht, im rötlichen Widerschein blitzen die Augen, die Lohe wird immer höher, bricht ab.
Es ist Mitternacht.

Sue versucht, in der schmalen Küche für ihre Gäste zu kochen. Auf dem Bett im Wohnzimmer liegen drei junge Männer und verfolgen einen Trickfilm im Fernsehen. Jutka sitzt im Schaukelstuhl, schaut den drei Körpern beim Schauen zu und träumt. Manchmal dreht Ronald den Kopf, zwinkert ihr zu. Jutka lächelt zurück, ihr Körper ist noch warm von seiner letzten Umarmung.
Sie erhebt sich, um den Tisch zu decken, sucht das Besteck zusammen. Draußen auf der Feuerleiter sitzt ein Spatz, blickt unschlüssig herein. Die drei Männer starren auf den rosaroten Panther, die Ellbogen nebeneinander aufgestützt, die Köpfe aneinandergereiht, die Rücken parallel verlaufend, die Hintern nebeneinander ruhend, sechs Beine abgewinkelt, die Füße schlenkern in der Luft.
Hebt eure Ärsche, sagt Sue grob und setzt einen schweren Topf auf dem Tisch ab.

Wenn ich ein Feuerschlucker wäre, sagt Pin beim Essen, würde ich versuchen, in das Guiness Buch der Rekorde zu kommen: Die höchste Stichflamme der Welt, die aus einem menschlichen Mund schlägt.
Wenn ich ein Feuerschlucker wäre, sagt Ronald, würde ich mit einem Ballon aufsteigen und Feuerwörter in den Himmel schreiben.
Es hat so leicht ausgesehen, sinniert Jutka. Es war, als tränke er bloß Wasser und das Feuer schwebte nur darüber. Wenn ich alles schlucken und wieder hervorzaubern könnte, wann und wo ich wollte, ich verschluckte alles, was ich liebe und hätte es in mir und niemand könnte es mir nehmen.

Ich bin müde, sagt Jutka.
Diese Stadt macht mich müde und schwer. Es ist zuviel Leben in dieser Stadt. Es ist zuviel unterschiedliches Leben, es pulsiert und stirbt zugleich, nichts ist gemeinsam, alles ist gleichzeitig. Die Gesamtheit hält mich gefangen, nimmt mir den Atem, aber ich selbst habe nichts, ich werde von dieser Stadt verschlungen und ihr eingegliedert, bin nur ein absonderlicher Teil unter anderen absonderlichen Teilen. Ich will aber ich bleiben, ein kleiner, unterscheidbarer, nicht austauschbarer, unverwechselbarer Teil. Hier ist zuviel auf einmal. Es erschlägt mich, ich kann mich nicht konzentrieren, es ist die Masse, die mich erdrückt. Ich will aber nicht aufgefressen werden von dieser Stadt, ich will selber fressen und aus mir formen, nicht geformt werden.

Wieder macht die Flasche die Runde, der Champagner perlt in den Kelchen, sie prosten einander zu.
Ich liebe diese Stadt, sagt Sue. Ich liebe sie um der Dinge willen, die du an ihr fürchtest. Ich bin hier geboren und hier zu Hause. Meine Familie lebt hier und meine Freunde sind bei mir. Die Stadt ist ein Kaleidoskop und stößt mich ständig auf Neues. Ich werde immerzu gefordert.
Das weiße Fell der Katze schimmert auf dem Asphaltbelag. Ihre grünen Augen leuchten, nichts entgeht ihnen, sie mustern alles und jeden, die Bartspitzen zittern, der gespannte Körper duckt sich. Sie schauen schweigend der Katze zu, genießen die Wärme und dunkle Geborgenheit der Nacht, die Unendlichkeit des Himmels, den leichten Wind, der die dumpfe, von Abfallgerüchen geschwängerte Luft vertreibt. Irgendwo auf der Straße singt ein Betrunkener, sein Lied steigt auf, bleibt zwischen den Hauswänden hängen.

Jutka träumt.
Sie geht durch eine lange Halle, deren Wände mit schreiend bunten, schweren Kaschmirstoffen verkleidet sind. Selbst an der Decke blühen die verschlungenen Arabesken, sie scheinen sich zu senken, vom eigenen Gewicht hinabgezogen zu werden, auf Jutka zu fallen, sie einzuhüllen, sie zu ersticken.
Jutka läuft. Die Halle nimmt kein Ende. Sie stolpert, stürzt, bleibt liegen, schaut hinauf, die Arabesken kommen immer näher. Sie schreit.
Rote Nebel verschleiern die Sicht. Jutka preßt die Au-

gen zu, um die drückenden Muster zu verbannen, spürt, wie es warm wird und hell, erwacht in einem sonnigen Raum.
Sie müssen Ringe und Uhr ablegen, sagt der Arzt, der das Zimmer betritt. Er nimmt einen Sessel und setzt sich zu Jutkas Bett.
Seltsam, ich muß mir weh getan haben.
Er hält ein Formular in der Hand und beginnt es auszufüllen.
Name?
Jutka Behrend.
Alter?
Dreiundzwanzig, geboren am sechzehnten Juni siebenundfünfzig in London, seit zwei Jahren Österreicherin.
Beruf?
Studentin. Dolmetsch und Übersetzer.
Der Arzt kratzt mit dem Kugelschreiber über das Papier. Jutka sieht, wie auf seinem Kopf, mitten im dichten Haarschopf, eine rosarote Geschwulst wächst, leise zittert, wabbelnd sich zur Seite neigt.
Religiöses Bekenntnis?
Ohne.
Kinderkrankheiten?
Masern, Mumps, Röteln, das Übliche.
Die erste Regel?
Mit dreizehn.
Unfälle?
Keine.
Was will der eigentlich von mir?
Er legt das Formular weg.

Wieso wollen Sie das Baby nicht?
Welches Baby?... Welches Baby, du meine Güte, er muß mich verwechseln... die Halle, ich wußte, die Halle... jemand muß mir ein Baby eingepflanzt haben, in der Halle... mitten unter diesen abscheulichen Mustern... ich wußte, daß sie gefährlich sind... ein Baby! Muß ich diese Frage beantworten?
Es wäre mir lieber, ich wüßte genau, daß Sie genau wissen, warum Sie es nicht wollen.
Jutka starrt auf den weißen Plafond.
Ich habe einen Menschen in meinem Bauch, mitten drinnen, tief in mir sitzt ein Mensch... und ich weiß es nicht... so will ich das nicht, ich will das bewußt machen, einen Menschen in mich aufnehmen... wer ist der Mann überhaupt, wer ist das? Er weiß zuviel, mich macht das krank, ich wollte, ich könnte aufwachen...
Ich bin noch Studentin.
Das allein ist doch als Grund zu wenig, finden Sie nicht auch? Sie sind doch schon fast fertig...
Das stimmt.
Mögen Sie Kinder prinzipiell nicht?
Doch.
Mögen Sie Kinder in Ihrem Leben nicht? In Ihrer Privatsphäre?
Doch, ich glaube schon.
Die rosarote Geschwulst treibt zarte lindgrüne Tentakel aus, die sich wiegen, verschlingen, auf ihren winzigen Köpfen violette Knospen tragen.
Mögen Sie vielleicht Ihren Partner nicht?
Ich habe keinen – Partner, wie Sie das nennen.

Das interessiert mich auch. Wer ist der Vater? ...Diese Halle... es muß alles ein schrecklicher Irrtum sein, ich kann mich an nichts erinnern... ich lehne jede Verantwortung ab, ich bin keine willenlose Brutkammer, so geht das nicht... merkt der Mann nicht, daß ich überhaupt keine Ahnung habe?... Wenn die Sonne bloß nicht so grell schiene...
Nun, von irgendwem muß das Baby ja sein...
Allerdings.
Sie machen es mir nicht gerade leicht. Ich fühle mich sehr unangenehm in dieser Rolle, wie ein Inquisitor.
Das tut mir leid.
Weiß es der Mann?
Welcher Mann?
Na der, von dem das Baby...
Nein. Aber vielleicht ist es gar kein...
Belügen Sie sich nicht, die Befunde sprechen ein klares Bild, daran gibt es nichts zu bezweifeln.
Vielleicht ist es etwas Neues.
Ich habe noch von keinem anderen fühlenden Wesen gehört, das in einem Menschen wachsen könnte, vor allem auf die Art, wie es ein Mensch tut.
Die Knospen springen auf, zarte Samenschirmchen, fein wie Spinnennetze, schweben langsam in die Höhe, verteilen sich im Raum, fallen nieder wie samtiger Schnee. Aus den weitgeöffneten Blütenkelchen fliegen weitere, fast durchsichtige Gebilde, schließlich sinken die Tentakel zusammen, faltig wird ihre Haut, die langen Schläuche kräuseln sich, zerknittern. Da zerreißt plötzlich die Geschwulst, ein dunkelroter Schlund

sperrt sich auf, die Tentakel sinken ein, werden hineingesaugt, ein Schlabbern und Schmatzen ertönt, das Gewächs vernichtet sich selbst, bis nichts mehr zu sehen ist, nur die Haare schimmern feucht und klebrig. Die Samenschirmchen fallen noch immer.
Weiß es Sabine?
Wieso Sabine? Woher kennt der Arzt Sabine?...
Nein.
Wie ich diese Fragen hasse... Sabine... warum will Sabine weg von mir?
Jutka starrt noch immer an den Plafond. Die Decke ist weiß, ihre Oberfläche rauh, uneben. Da beginnt sie sich zu bewegen, Wellen laufen von einer Zimmerecke zur anderen, kräuseln sich in der Raummitte. Jutka unterdrückt einen Lachimpuls.
Der Arzt steht auf, nimmt das Formular, sagt: Niemand kann Ihnen bei dieser Entscheidung helfen, niemand kann sie Ihnen abnehmen. Das ist etwas, das Sie ganz alleine durchmachen müssen, und das ist das Schreckliche daran.
Die Wellen auf der Decke klatschen gegen die Wände, rinnen herunter, überfluten das Zimmer. Leise schwankt das Bett, beginnt zu schwimmen, treibt sachte durch den Raum. Der Arzt ertrinkt lautlos.
Jutka schaut aus dem Fenster. Die Bäume leuchten in sattem Gold, rotgesprenkelt oder bereits bräunlich, in warmen Tönen. Die Blätter rascheln im Wind. Da und dort löst sich eines, flattert zu Boden, segelt quer durch die Luft.
Jutka springt auf, die Wellen glätten sich, trocknen ein.

Sie läuft zum Schrank, in dem ihre Wäsche liegt, zieht sich an. Dabei starrt sie durchs Fenster in das verfärbte Laub. Sie weint. Die Tränen rinnen über ihre Wangen, hängen am Kinn, lösen sich, tropfen auf den Fußboden. Sie nimmt ihre Tasche, verläßt den Raum. Auf dem Gang kommt ihr eine Schwester entgegen, die in der Hand einen weißen Zettel schwenkt.
Halt, woher kommen Sie denn? Wohin wollen Sie denn? Sie können doch nicht...
Jutka geht an ihr vorbei, ohne sie anzuschauen. Ihr Blick ist gerade nach vorn gerichtet, auf die gläserne Tür. Die Schwester läuft neben ihr her, gestikuliert wild, greift schließlich nach ihrem Arm. Jutka hört nicht auf die Fragen, schüttelt nur die Hand ab. In der Bewegung liegt etwas so Resolutes, Endgültiges, daß die Schwester stehenbleibt, hinter Jutka herschaut, schließlich die Schultern zuckt, sich umdreht, erstarrt, verformt als bizarrer Ständer die Arme gegen die Decke streckt, die Finger biegen sich zu Haken.
Draußen springt Sabine von einer Bank auf, eilt Jutka entgegen, umarmt sie, hält sie ganz fest, spürt das Schluchzen, das hochsteigt, den Körper überflutet, den schüttelnden Weinkrampf.
Seltsam, ich spüre, was Sabine spürt, und gleichzeitig spüre ich mich. Ich spüre beide und zugleich sind wir getrennte Körper.
Wenn du glaubst, zurückzuwollen, sagt Sabine, dann versuche es. Aber es wird nicht dasselbe sein. Das ist es nie. Du kannst nie an den Ausgangspunkt zurück, du kannst die Zeit zwischen jetzt und damals nicht aus-

schalten. Mit dir ist etwas passiert, das dich verändert hat, und nichts ist mehr so wie du es erwartest, weil du alles anders sehen mußt.
Verwirrt wacht Jutka auf.

Es ist eng im Wagen und sie haben nur wenig Möglichkeit, die verkrampften Füße anders hinzustellen. Sue fährt, Pin sitzt neben ihr und studiert die Straßenkarte. Aus dem Korb zwischen seinen Beinen dringt das leise Miauen der Katze, ihre Krallen kratzen an dem Geflecht, verursachen ein trockenes Geräusch.
Die Blätter eines einzelnen Baumes haben sich schon verfärbt. Inmitten der sattgrünen Landschaft prangt er in orangegelbem Feuer. Der Himmel darüber strahlt tiefblau, die Farben sind so intensiv, daß Jutka die Augen geblendet schließen muß. Gestochen scharf heben sich vor ihr die abgestorbenen Zweige eines nackten Busches schwarz vom gleißenden Blau ab. Die runden Kuppen, flachen Hänge, sanft geschwungenen Hügel geben immer wieder den Blick frei auf weite Täler, kleine Orte mit weißgestrichenen Holzhäusern, blaue Seen, die wie Edelsteine in der Sonne funkeln.
Bei einem Bauernhaus bleiben sie stehen, Sue verschwindet im Eingang, kommt mit einem grobschlächtigen Mann wieder. Er nickt ihnen zu, winkt mit der Hand ohne ein Wort zu sprechen, mürrisch. Pin holt aus dem Wagen eine Flasche, bietet sie dem vierschrötigen Bauern an. Selbstgebrannt, erklärt er stolz, geht hin zu der Frau, die aus dem Haus tritt. Ihr Gesicht ist rund, von einem feinen Faltengespinst überzo-

gen, sie klatscht die Hände über dem Kopf zusammen, lacht.

Der große Raum, in dem sie später vereint sitzen, ist dunkel, holzvertäfelt und kühl. Die halbleere Schnapsflasche steht auf dem Tisch zwischen den leergegessenen Tellern und schmutzigem Besteck. Zufrieden lehnen sie sich zurück, alle durchströmt behagliche Wärme, die vollen Mägen machen sie müde und gutgelaunt. Die Flasche beginnt wieder zu kreisen. Endlich stehen sie fast widerwillig auf, um das Zelt aufzustellen, kriechen müde unter die Plane, versinken in den Schlafsäcken.

Am nächsten Morgen entdeckt Sue den Brunnen und ruft die anderen. Kreischend springen sie umher, bespritzen sich mit dem eiskalten Wasser, holen es kübelweise aus dem dunklen Schacht, stülpen einander die Eimer über den Kopf. Ein Hahn kräht, von weither dringt die Antwort. Der Hund des Bauern umkreist sie wedelnd, kläfft heiser und laut. Ihre Gesichter sind rot, die Haut brennt, Wassertropfen spritzen. Zitternd laufen sie zurück zum Zelt, eingewickelt in Badetücher, suchen ihre Kleider, hüpfen herum, um warm zu werden, lachen. Pin singt. Der Bauer lugt aus einem Fenster, beobachtet sie und schüttelt den Kopf.

Gegen Mittag liegt der blaue See vor ihnen, eingebettet zwischen sanften Hügelketten, auf denen kaum ein Haus zu sehen ist. Die Stadt liegt unten am Ufer, verschlafen und ruhig. Auf einer Wiese erhebt sich ein großes gelbes Zelt, rundherum stehen Holzbuden, die Leute drängen sich davor, schleppen Stühle und Taschen.

Aus dem Zelt dringt Musik, das rhythmische Dröhnen des Schlagzeuges schleicht sich ein in den Gang der Menschen, sie wiegen sich, werden lebendig, tanzen.
Ein alter weißhaariger Mann steht auf der Bühne. Er singt vom Whisky und den Frauen, seine Stimme rollt tief und voll, ein melodischer Donner, der aus dem schmallippigen Mund zwischen den faltigen Wangen, den großen Ohren unter dem Strohhut fährt. Er klagt über die weißen Leiber, die Sehnsucht nach den verführerischen Körpern, über seiner Wehmut liegt ein Lachen, bricht durch, schwingt sich empor, immer höher und höher, der alte Mann scheint zu wachsen, seiner gewaltigen Stimme zu folgen, er ist nur noch ein brüllendes, preisendes, glückliches Organ, sein Hymnus schwebt über der Erde, senkt sich langsam herab, hüllt die Menschen ein. Der alte Mann schrumpft, er winkt, steigt vom Podium, hält sich am Geländer fest, seine Beine zittern. Er ist plötzlich sehr alt und sehr schwach.
Sie legen sich ins Gras, packen ihre Körbe aus, beobachten die Leute, singen mit. Die Sonne brennt heiß, Jutka hört das Geklirr der Eiswürfel in den Gläsern, das Lachen und Schreien. Sie fühlt sich durchsichtig, leicht, als sei sie ein Schmetterling. Die Rhythmen der Band pulsieren durch ihren Körper. Die Stunden vergehen.
Der See schimmert als milchiger Opal, die Laubwälder verdichten sich zu einer dunklen Masse, das leuchtende Gold mancher Blätter verschwindet. Die Straße, die über die Hügel westwärts führt, ist leer. Die letzten

Sonnenstrahlen streichen über die Kuppen, lassen Bäume und Wiesen ineinanderfließen, treffen auf die Fenster eines einsamen Farmhauses, es gleißt und glitzert. Lange Schatten kriechen über den Asphalt.
Es ist bereits Nacht, als sie das Haus am Keuka See erreichen. Zwei Hunde schlagen an, bellen wie verrückt, eine Männerstimme brüllt, wird leise, fällt in beruhigendes Lallen zurück, die Tür öffnet sich.
John! John!
John starrt Sue an, grinst, winkt sie herein. Ein Hund steht neben ihm, schaut zu ihm auf, versucht ein kurzes Schwanzwedeln, jault.
Beeilt euch, schreit John, ihr kommt mitten im Spiel. Er rülpst.
American Football. Es geht nichts über American Football. Sein Atem riecht nach Whisky, seine rotumränderten Augen wandern langsam von einem Gesicht zum anderen. Alle stehen jetzt vor ihm, aber er nimmt sie nicht bewußt wahr, er dreht sich um, stolpert fast über den Hund, sagt etwas Unverständliches.
Das Haus ist alt, die Holzbretter knarren und der Wind singt in den Wänden. Ein Wohnzimmer im Erdgeschoß wird vom blauen Licht des Fernsehschirmes beleuchtet, der Bilder muskulöser Männer mit breiten Schulterpolstern in die zusammengewürfelte Behaglichkeit des Raumes sendet. John hat vor dem Fernseher Platz genommen, er beugt sich weit vor, in der einen Hand hält er ein gefülltes Glas. Er starrt gebannt auf den hellen Kasten, manchmal schreit er, stellt das Glas auf den Tisch und wirft beide Arme in die Luft.

Er hat einen Tick, sagt Sue. Aber er ist harmlos. Kümmert euch nicht um ihn und versucht ja nicht, mit ihm zu wetten.
Die Treppenbretter biegen sich unter ihren Füßen und ächzen. Oben führt Sue sie von einem Zimmer zum anderen. Die Möbel sind dunkel und liebevoll geschnitzt, bunte Flickenteppiche heitern die niedrigen Räume auf. Jutka bleibt in einem Zimmer zurück, zieht sich aus, rollt sich im Bett zusammen und schläft augenblicklich ein. Behutsam schließt Ronald die Tür.

...Warum antwortet Sabine nicht? Warum versucht sie, sich so abzutrennen, warum will sie keinen Kontakt? ... Sie fehlt mir, und es beunruhigt mich, daß sie mir fehlt... Ist sie so selbständig geworden, daß sie mich nicht mehr braucht? ... Nein, dann würde sie mir schreiben, dann bräuchte sie meinen Einfluß nicht zu fürchten... Also bin ich immer noch die Stärkere und sie will loskommen... Vielleicht wehrt sie sich deswegen so sehr, sträubt sich dagegen... arme Sabine... sie versucht so sehr, Erfolg zu haben, zufrieden mit sich selbst zu sein... sie wird sich von Markus lösen, aber nicht von mir... nicht von mir... warum hat sie solche Angst vor mir?...

Morgen fahren wir zu deiner Schwester, sagt die Tante und hebt die letzten herabgefallenen Birnen auf.
Über den Weingärten auf der anderen Seite des Sees leuchtet eine milchige Herbstsonne.

Die tiefgrünen Wiesen glitzern naß, Regentropfen rinnen über die Fenster, werden von den Scheibenwischern zur Seite geschleudert. Ein niedriges Holzhaus taucht auf, eine Scheune, das Tor steht offen, ein Flügel schlägt im Wind gegen die Bretterwand.
Sie stellen den Wagen ab, laufen auf schmalen Kieswegen an zwei weißen Gebäuden mit schmalen Säulen vor den Eingängen und Holzveranden vorbei, bleiben vor einem blumengeschmückten Haus stehen. Jutka drückt langsam die Klinke nieder. Sie spürt, daß im Raum dahinter jemand atmet, versucht, ruhig und gelassen zu bleiben.
Ruth, denkt Jutka, *kleine Schwester Ruth...*
Mit einer plötzlichen Handbewegung reißt sie die Türe auf, schaut in das dunkle Zimmer, das nach Holz und Käse riecht.
Jutka! flüstert das Mädchen, das vor einem grob behauenen Tisch steht, die Hände ineinander verschränkt, die Finger verknoten und lösen sich nervös.
Ruth!
Jutka!
Das Mädchen bleibt immer noch stocksteif stehen, auf ihrem Gesicht spiegeln sich Erwartung und Unsicherheit. Jutka geht hin, legt ihre Arme um die Schultern der Schwester, drückt sie an sich, tritt einen Schritt zurück, fährt mit einer Hand sachte durch das lange helle Haar. Die anderen stehen rundherum, schauen zu, versuchen, witzig zu sein.
Sieben Jahre, sagt Jutka, sieben Jahre habe ich dich nicht gesehen.

Ihre Stimme zittert.
Ruth schweigt.
Du hast ein gutes Versteck gefunden, hier würde dich niemand vermuten.
Das ist kein Versteck, das ist mein Arbeitsplatz.
Ich wollte dich nicht kränken.
Schweigen.
Du bist hübsch geworden, fängt Ruth wieder an.
Ja?
Und du siehst anders aus als ich dich in Erinnerung hatte. Hast du oft an mich gedacht?
Ja. – Und du?
Anfangs immerzu.
Was ist los mit den zweien? flüstert Ronald in Sues Ohr.
Ich hatte mir das Wiedersehen anders vorgestellt.
Komm mit, sagt Sue und packt seine Hand.
Der Regen fällt gleichmäßig und stetig vom Himmel, die Wolken scheinen die Erde zu berühren, hängen zwischen den Hügeln. Hochgewachsene Sonnenblumen leuchten hinter dem Hauseck, lassen die schweren Köpfe baumeln, von den gelben Blättern rinnen die Tropfen.
Ich weiß nicht so genau, was eigentlich wirklich los war, sagt Sue und springt in eine Lacke. Es spritzt, das Wasser stiebt zur Seite.
Ich weiß nur, was die Verwandten erzählten, wenn sie glaubten, die Kinder hörten nicht zu.
Und was sagten die Verwandten?
Du kennst doch Jutka. Sie ist so selbstsicher, ein so starker und dominierender Mensch. Sie kann sich auf

alles und jeden einstellen, es gibt nichts, dem sie nicht gewachsen wäre, zumindest ist das ihr Ruf.
Na und?
Ruth war ihr als Kind gänzlich verfallen. Sie himmelte sie an. Sie hörte nur auf sie, sie tat nur das, was Jutka von ihr wollte. Solange Jutka einigermaßen vernünftige Forderungen an ihre Schwester stellte, ging es ja noch, und die Eltern fanden sich teilweise damit ab.
Aber?
Dann wurde Ruth krank, nicht richtig krank, es war irgendwie seltsam. Sie träumte immerzu. Sie träumte sehr lebhaft und fast jedesmal von Jutka.
Aber das ist doch nicht weiter verwunderlich.
Es wurde schlimmer. Die Träume änderten sich. Frag mich nicht, was sie träumte, das weiß niemand. Nicht einmal den Eltern verriet sie es, und sie war doch noch ein Kind! Sie mußte schreckliche Dinge sehen, sie wachte immer schreiend auf. Dann folgten Weinkrämpfe und eine Art Nervenzusammenbruch. Sie hatte Angst vorm Schlafengehen, sie fürchtete sich entsetzlich vor diesen Träumen. Aber sie verriet nie etwas. Nichts war aus ihr herauszubringen. Es wußten nur alle, daß sie von Jutka träumte, mehr nicht.
Und dann?
Irgendwann wurde offensichtlich, daß Jutka zumindest ahnte, was in Ruths Phantasie vorging. Die Eltern hatten das Gefühl, daß Jutka darüber ganz genau informiert war. Aber sie hielt den Mund. Und schließlich bekam Ruth auch tagsüber Angst vor Jutka. Ihre Gefühle

schienen vollständig umgeschlagen zu sein, sie schlich durch das Haus wie ein geprügelter Hund. Und je unsichtbarer sie sich machen wollte, desto sicherer und selbstbewußter trat Jutka auf. So erzählen es die Verwandten.
Und das Ende?
Ruth mußte in psychiatrische Behandlung. Stell dir das vor. Sie war zehn, elf Jahre alt. Jutka tat, als ob es sie nichts anginge, als ob es normal wäre, als ob sie nicht überrascht wäre. Dabei hatten sich die zwei Schwestern geliebt, wirklich geliebt, und sie schienen sich auch zu diesem Zeitpunkt immer noch lieb zu haben, bloß stand irgendetwas zwischen ihnen und niemand wußte, was... Ruth mußte in eine Anstalt, es ging ihr sehr schlecht, bis Jutka Besuchsverbot bekam. Der Wandel in ihrem Befinden war so offensichtlich, daß die Ärzte von den Eltern eine Entscheidung verlangten. Die Töchter mußten getrennt werden. Ich glaube nicht, daß sie sehr viel aus Ruth herausbekamen, aber sie sagten, Ruths Psyche wäre in höchstem Maß gefährdet. Irgendetwas Dunkles, Unerklärliches war da. Als Jutka hörte, worum es ging, packte sie sofort die Koffer und zog zu ihrem älteren Bruder nach Paris, wo sie bereits früher mit der Familie gewohnt hatte. Ruth kam mehrere Monate später wieder nach Hause. Und vor zwei Jahren verließ sie London und kam zu uns. Sie hat nie wieder solche Anfälle gehabt.
Und sie hat auch später nie etwas darüber erzählt?
Nie.
Und Jutka hat auch nicht davon geredet?

Nie.

Es ist wieder schön und heiß. Sie liegen auf dem Bootssteg, schauen ins klare Wasser des Sees, hören den Vögeln zu, beobachten die Wildenten, die auf der sanft ansteigenden Wiese vor dem Haus Halme zupfen.
Jutka springt ins Wasser, spritzt wild um sich, schwimmt hinaus. Die Rastlosigkeit der letzten Tage läßt sich nicht abschütteln, sie ist unruhig. Sie streckt sich im kühlen Wasser aus, versucht, regungslos zu treiben, schließt die Augen, spürt die Sonnenwärme auf ihrem Gesicht, versucht, abzuschalten, leer zu sein, nur Hülle und Stätte organischer Verrichtungen. Etwas plätschert neben ihr, aber sie hört nicht hin. Ronald schiebt seinen nassen Kopf an ihre Schulter, zieht den Atem ein, dann schreit er.
Jutka vernimmt wie von weit her diesen Schrei, er dringt abgeschwächt und stumpf zu ihr, als käme er durch ein langes Rohr. Sie spürt, wie ihr Bewußtsein zurückflutet, wie sie plötzlich wieder Wasser, Sonne, die Nähe eines anderen Körpers fühlt. Langsam schlägt sie die Augen auf, strampelt mit den Beinen, schwimmt einige Tempi, dreht sich zurück.
Was hast du denn, Ronald?
Sein Gesicht ist weiß, jetzt erscheinen rote Flecken auf seinen Wangen, er öffnet und schließt den Mund. Endlich kommt er zu Jutka, hebt unsicher eine Hand, fährt mit nassen Fingern über ihr Gesicht.
Seltsam, sagt er staunend und stockt.

Was ist seltsam? fragt Jutka, fühlt sich unangenehm überrascht, wie ertappt.
Du hast ganz anders ausgesehen, dein Gesicht war gar nicht da…
Jutka versucht zu lachen.
Es war, murmelt Ronald, als hätte jemand ganz anderer hier gelegen.
Wer denn?
Ich weiß es nicht. Ich kannte die Person, die ich mir da gerade eingebildet habe, jedenfalls nicht.
Und plötzlich schwimmt er auf Jutka zu, hält sie fest, seine Hände sind nun nicht behutsam, sie packen zu, als müsse er sich vergewissern.

Sabine drängt sich durch die Wartenden, die schweren Koffer behindern sie, ihre Schultern schmerzen vom Gewicht. Sie winkt einem Taxi, läßt sich erleichtert auf den Rücksitz fallen, gibt die Adresse an. Das Auto schlängelt sich zwischen aufgerissenen Straßenteilen, aufgeschütteten Pflastersteinen und abgestellten Bussen durch, manchmal schimpft der Fahrer und Sabine hört die lang entbehrten Laute, schlampig verzerrten Buchstaben, vertrauten Wörter. *Ich bin daheim, ich bin wieder daheim,* singt es in ihr und sie freut sich. Zuhause sperrt sie die Türe auf, schnuppert. Die Luft riecht frisch, ein bißchen nach Kaffee. *Markus muß hiergewesen sein,* überlegt sie, stellt die Koffer nieder, schaut in die Küche. In der Abwasch steht Frühstücksgeschirr, der Hahn tropft, Brotkrumen liegen auf der Anrichte. Der Sessel wirkt hastig zurückgeschoben, als habe jemand in Eile gegessen und keine Zeit mehr zum Aufräumen gefunden.

Im großen Zimmer liegen Hefte auf dem Tisch, Lexika, Schulbücher häufen sich, sogar der Zeitungsständer quillt über von einschlägigen Journalen und Sabine fühlt langsam Unbehagen in sich aufsteigen.

Als sie bestimmte, liebgewordene Gegenstände sucht, um sie zu begrüßen, über vertraute Linien zu streichen und sich endgültig zu Hause zu fühlen, merkt sie, daß einiges umgestellt ist, sich nicht am gewohnten Platz befindet, ein neuer Raum entstanden ist, der ihr fremd ist, aber Markus und seinen zweckmäßigen Vorstellungen entspricht.

Sabine öffnet jeden Schrank, sucht in Regalen, in den Körben, die Markus in einer Ecke gestapelt hat und die zuvor, in der ganzen Wohnung verteilt, als Augenblicksablage Sabines Drang, jederzeit alles greifbar und gleichzeitig überall verstreut zu haben, entgegengekommen sind.

Schließlich findet sie die Uhr wieder, eine kupferne Diana auf dem Weltball, in der ausgestreckten Linken an einer dünnen Kette mit fein ziselierten Gliedern eine Miniaturwaage balancierend, mit der rechten Hand Pfeil und Bogen schwingend. Sie stellt sie auf den Tisch, zwischen die Schularbeitshefte, holte ein Staubtuch, wischt liebevoll und sorgsam über die vertraute Figur, die verzierenden Bänder, Schleifchen, Reliefs, den verbogenen Stundenzeiger, das ganze Empire. Der gläserne Schutz über dem Zifferglas ist schon längst verschwunden, irgendwann einmal zersprungen, die

Zahlen leuchten aus der dunklen Erde. Sabines Finger streifen den zierlichen Schlüssel auf der Unterseite, zwischen den Füßen der Platte, auf der die Weltkugel steht. Sie zieht den Mechanismus auf, stellt ihn richtig ein, setzt sich vor die Uhr, sieht dem wandernden Zeiger zu. Um Punkt Zehn erklingt plötzlich das Glockenspiel und die Töne verzaubern das Zimmer.
Als die Melodie verhallt, steht Sabine auf, versteckt ihre Koffer in einem Kasten, nimmt eine dicke, angeschwollene Mappe, öffnet sie, blättert in den Zeichnungen, wählt, sortiert. Schließlich ist sie zufrieden, räumt alles zusammen, verläßt das Zimmer, nicht ohne noch einen Blick zurückgeworfen zu haben. Die metallene Diana leuchtet verloren und seltsam, ein Fremdwesen auf dem Tisch.

Zögernd betritt Sabine die Aula, der Portier beobachtet sie, öffnet schließlich das Glasfenster, ruft ihr zu. Schritte hallen, man hört Stimmen, eine Tür wird zugeschlagen. Sabine hört dem Portier zu, wiederholt seine Anweisungen abwesend, steigt die Marmortreppe hinauf, geht den Gang entlang, streift die an Tafeln ausgehängten Ankündigungen, Werbungen und Inserate, klopft an eine dunkelbraun gebeizte, schwere Tür. Sie muß warten, vor ihr stehen andere, die meisten wirken jünger als Sabine, alle schleppen Mappen mit sich, einige nesteln nervös an den Bändern. Als sie an die Reihe kommt, legt sie Personalausweis und Zeugnisse unaufgefordert vor, kommt den Worten der Frau hinter dem Tisch zuvor, deren Mund infolge Sabines un-

erwarteter Schnelligkeit offen stehenbleibt und an ein geschminktes Fischmaul erinnert. Sabine überreicht ihr lächelnd die Mappe. Die Frau ist müde, abgespannt und grantig. Sie füllt Formulare aus, überprüft die Papiere, sieht Sabine abschätzend an. Die Mappe wird numeriert, verschwindet, Sabine wird weitergeschoben.
Unschlüssig steht sie neben der Tür, sieht den Stapel Mappen wachsen, die Zeichnungen, an denen ihr soviel liegt, die ihr soviel bedeuten, die so viele ihrer Wünsche und Ideen beinhalten, werden zu einem Teil einer Masse, wandeln sich vom Besonderen in Allgemeines.

Es riecht nach Kaffee und Guglhupf, der Hund streicht mit gierig erhobener Schnauze um den Tisch.
Und du hast dich also angemeldet? fragt die Oma, während sie den Kaffee eingießt.
Ja.
Wann bekommst du Bescheid?
In ein paar Wochen.
Genau weißt du es nicht?
Nein.
Nimm dir ordentlich Kuchen... was ist mit Markus?
Ich mache Schluß.
Weiß er es?
Ich glaube, er ahnt etwas, aber er denkt nicht im Traum daran, daß ich mich wirklich von ihm trennen könnte.
Was macht ihn so sicher?
Er hat einen Beruf, er hat eine Anstellung, er kann ko-

chen, einen Haushalt führen, ist zärtlich und unterhaltsam, außerdem paßt er auf mich auf.
Und du weißt ganz genau, was du willst?
Ja.
Du bist überzeugt, daß er nicht zu dir paßt?
Ja.
Dann sag es ihm bald.

Nach dem Regen ist die Luft klar, riecht frisch und erdig. Es sind noch viele Touristen unterwegs. Die wenigsten von ihnen verirren sich in die Durchgänge und Hinterhöfe der inneren Bezirke, in denen man den Straßenlärm nur noch gedämpft, wie aus weiter Ferne vernimmt und die Vögel in den alten Bäumen das akustische Bild beherrschen. Die schweren Holzflügel der breiten Tore, gegen die man sich mit dem Körper stemmen muß um sie zu bewegen, verschließen schmale, gotische Fassaden, verstecken verspielte Gartenhäuschen, barocke Brunnen, italienisch anmutende Innenhöfe vor den Blicken der Menge, erhalten ihnen die intime Ausstrahlung verschwiegener Plätze.
Hinter einer schweren Eichentür führt ein mit ungleichmäßig behauenen Steinen gepflasterter Weg zwischen dicken Hauswänden durch einen Hof. In den Ecken wuchert Gras, Efeu schlingt sich an einer Regenrinne empor, eine dunkle Holzveranda ist überreich mit Blumen geschmückt.
Sabine stellt sich in die Mitte des Platzes, schaut hinauf zum obersten Stockwerk des einen Hauses, sieht die blinden Fensterscheiben, deren verstaubtes Glas leer

und deprimierend durch das Fehlen jeglichen Leuchtens zwischen den anderen, glänzenden, mit Blüten verzierten und Vorhängen bedachten Fenstern den Blick auf sich zieht.
Gott sei Dank, es wohnt noch immer niemand da, denkt sie und wird sich gleichzeitig der Absurdität ihrer Erleichterung bewußt. Seit Monaten schon, seit sie einmal im Frühjahr dieses Haus mit dem sonnenüberfluteten Hof und der leerstehenden Dachwohnung entdeckt hat, träumt sie davon, hier einziehen zu können.
Ein Mann erscheint im Flur und ruft nach einigen Augenblicken der Unschlüssigkeit:
I hob Ihna scho vamißt. Se worn do im Frühling so oft do.
Ja, das stimmt. Sabine geht hin zu ihm: Es ist so wunderschön hier. Sie müssen wissen, ich bin richtig verliebt in diesen Platz.
Der Mann stochert mit einem Zahnstocher in seinem Mund herum, fragt mit scheinheiligem Interesse und aus offensichtlicher Langeweile:
Woins de Wohnung sehn, de leere? Na kummans.
Er holt einen gewaltigen Schlüsselbund aus der speckigen Hose, dreht sich um, wartet erst gar nicht Sabines Zustimmung ab, steigt vor ihr die Treppe hinauf.
Da Lift, sagt er und deutet auf einen schmiedeeisernen Käfig: da Lift geht net. Der wird repariert, irgendwonn.
Oben dreht er sich um, schaut auf Sabine herunter, die dicht hinter ihm stehengeblieben ist und mustert sie aufmerksam:

I bin ma sicha, Se kennan de Wohnung net dazoin, ah wenn Se wollatn. Es miaßt vü gricht wern.
Sie stehen zwischen zwei Türen. Die eine führt auf den Dachboden, steht halboffen und knarrt im Luftzug. Der Mann schließt sie, geht zur anderen, sperrt auf, läßt Sabine den Vortritt.
A Vurzimma, groß wia a Ballsaal, ruft er ihr nach.
Regale in der Küche, halb abgerissene Tapeten, ein einsamer Stuhl, ein zurückgelassener Flickenteppich, ein verdorrter Blumenstock zeugen von ehemaligem Leben. Alles wirkt desolat, staubig, kaputt, unfertig. Aber Sabine merkt es gar nicht, sie sieht eine Wohnung, deren Grundriß ihren Traumvorstellungen entspricht, ausgestattet mit allem, was sie braucht und für notwendig hält, die weiten, lichten Zimmer, die großzügige Raumaufteilung, die breiten Glasflächen in der Dachschräge, alles findet sie bewundernswert.
Wohin führt die Treppe? fragt sie und greift auf eine Stufe der gewundenen, an ein leeres, halbzerbrochenes Schneckenhaus erinnernden Stiege, die am Plafond anstößt.
Aufs Doch. Oba do gemma jetztn net aufe, bestimmt der Mann und wendet sich ungeduldig zur Wohnungstür.
Sabine starrt hinauf zur Decke, versucht, sich die Falltür offen vorzustellen, das Plateau darüber mit den in den Boden eingelassenen Fenstern.
De Leitungen ghöratn gricht, sagt der Hausbesorger, versucht seinen Dialekt in eine Schriftsprache zu pressen.

Wissen Sie, wieviel das kostet? fragt Sabine und ist verwundert über ihren Mut und die Selbstverständlichkeit, mit der sie diese Frage stellt.
Na, oba i kon Ihna de Telephonnumma von den Herrn gebn, dem wos de Wohnung ghärt, antwortet der Mann und klirrt zum wiederholten Male mit dem Schlüsselbund. Diesmal versteht Sabine das Zeichen, kramt eilfertig in ihrer Tasche herum, sucht Kleingeld, während sie die Treppen hinuntersteigen, drückt es dem Mann in die bereits ausgestreckte Hand. Auf einen zerknitterten Fetzen Papier kritzelt er eine Nummer, schreibt auch unleserlich einen Namen dazu, gibt ihr den Zettel, verneigt sich beim Grüßen, schreit laut über den Platz Habedjehre!, während sein Gesicht völlige Ausdruckslosigkeit zeigt und seine Hand, die er zum Gruß an den Kopf gehoben hat, hinter Sabine das Deppenzeichen formt.

Surren ertönt, Sabine drückt auf den Knopf, die Glastür bewegt sich. Sie geht den holzvertäfelten Gang entlang zu dem Schiebefenster, hinter dem sich eine grauhaarige Frau reckt und ihr fragend entgegenschaut. Sabine beugt sich über den Rahmen in das Zimmer hinein, erkundigt sich nach Jutka. Die Frau schüttelt den Kopf, holt aus einer Lade ein dickes, rotes Heft, schlägt es auf, blättert darin, dann verharrt ihr suchender Zeigefinger auf einer Linie.
Am Neunzehnten, sagt sie mit belegter Stimme, die nach Husten und aufgerauhtem, rotentzündetem Rachen klingt.

Da landet sie in Schwechat, sie ist ja in Amerika, bei ihren Verwandten. Sie hat mir aber nicht gesagt, wann genau ihr Flugzeug eintrifft. Ist das sehr schlimm?
Nein, nein.
Warum muß ich noch warten? Sie geht mir so ab, sie geht mir mehr ab, als ich mir eingestehen möchte...
Wünschen Sie noch etwas?
Nein danke, lügt Sabine und dreht sich um. Die Frau nickt freundlich, greift nach Stricknadeln, Sabine öffnet die Tür.

Ich liebe deinen Hintern.
Markus sitzt auf dem Sofa, schaut Sabine beim Aufräumen zu, weidet sich an ihrer Nacktheit, genießt den vertrauten Anblick. Die Sonne fällt schräg herein, in den Strahlen tanzen Staubpartikel, manchmal fällt Licht auf Sabines Haut, läßt den bronzenen Braunton samtig schimmern, glitzert auf dem blonden Haarhügel, als wolle es den Körper auf sanfte Weise erhitzen, zum Brennen bringen, ein Feuer entfachen.
Plötzlich springt Markus auf, stellt sich vor sie hin, versperrt ihr den Weg, steht ganz dicht vor ihr. Sie spürt die Haare auf seiner Brust, sie fühlt das schlaffe weiche Glied, noch erhitzt von ihrer Wärme, ihren Bauch streifen, seine Finger berühren die ihren, seine Zehen tippen an ihre Zehen. Vorsichtig versucht sie, zurückzuweichen, ohne ihn den Rückzug erkennen zu lassen, ihn nicht durch ihr Verlangen, von ihm wegzukommen, zu brüskieren.
Hast du in Frankreich mit jemandem geschlafen?

Wie kommst du darauf?
Es könnte ja sein. Du gehst anders, sinnlicher.
Tatsächlich?
Und es macht dir keinen Spaß mit mir.
Jetzt kommt es... jetzt ist es soweit, jetzt werde ich es ihm sagen...
Weshalb sagst du das?
Weil es stimmt... Du bist völlig teilnahmslos, du bist gar nicht da... Ich habe das Gefühl, eine leere Hülle zu bumsen... Dein Gesicht, du solltest dein Gesicht sehen, Früher war es offen, du hattest die Augen weit aufgerissen, deine Lippen waren ganz rot, manchmal weintest du sogar, du warst richtig aufgelöst.
Und jetzt?
Jetzt schaust du durch mich hindurch. Ich weiß nicht, wohin, aber ich spüre, daß du an etwas anderes denkst, und man sollte überhaupt nichts denken dabei. Du hast keinen Orgasmus mehr, du spielst ihn nur, vermutlich willst du gar keinen haben. Weshalb? Merkst du überhaupt, daß ich da bin? Siehst du mich?
Markus...
Deine Stimme. Du hast sogar eine andere Stimme. Früher klang sie seidig, außerdem sagtest du bloß halbe Sätze und ich mußte den Rest erraten.
Das hat dich immer gestört.
Er wird zornig, er redet sich in Wut...
Aber jetzt würde ich es mir wünschen. Alles ist anders. Du bist so still. Du rennst nur durch die Wohnung und lächelst in dich hinein. Du nimmst mich gar nicht zur Kenntnis, du träumst. Und wenn ich versuche, mich

bei dir hineinzuschmuggeln, dann schaltest du ab.
Markus, ich fürchte, es hat sich einiges geändert... ich fürchte für dich, naja, für mich auch... Markus, es ist aus.
Was ist aus?
Mein Gott, er begreift einfach nicht, er will nicht begreifen. Steht da mit offenem Mund und so nackt. Wenn er angezogen wäre, würde er wenigstens nicht so entsetzlich hilflos wirken. Warum macht er es mir so schwer...
Zwischen uns, mit uns ist es aus.
Das kannst du nicht sagen, das darfst du nicht... du spinnst. Ich, ich muß mich verhört haben... sag, geht es dir gut?
Markus, wach auf!
Ja...
Sabine greift ihn an, schüttelt ihn, fällt ihm um den Hals, spürt, wie er mechanisch die Arme hebt, um ihre Taille legt, vorsichtig, als sei sie unwirklich, als stehe er vor etwas Unfaßbarem.
Die Tränen steigen wie von selbst auf, sie spürt ein Würgen in der Kehle, plötzlich weint sie laut, ihr Schluchzen bringt sie zum Zittern, überschwemmt sie in Wellen. Alle Kraft liegt in diesem Weinkrampf, sie heult, es klingt seltsam gepreßt, verzerrt in ihrem Mund. Die Augen schwellen an, ihre Nase juckt, beginnt zu rinnen, sie schnieft, die Tränen laufen in ihren Mund, vermischen sich mit dem Speichel, der blitzende Bläschen auf ihren Lippen bildet. Sie spürt den Schweiß in den Achselhöhlen, auf der Stirn, in den

Handflächen, zwischen den Schenkeln ausbrechen, sie möchte mit dem Kopf gegen die Wand rennen, hat ein stechendes Verlangen nach physischem Schmerz, will gestoßen, getreten werden.
Markus wird von dem Anfall erdrückt. Er hält sie, redet auf sie ein, Worte, die ihm in den Sinn kommen, ohne Zusammenhang, ohne Logik, die weich und sanft und tröstend klingen, wie er sie aus der Kindheit in Erinnerung hat. Er streichelt Sabines Haar, die zuckenden Schultern, erkennt in grausamer Klarheit, daß sie um seinetwillen weint, um des Bewußtseins wegen, ihm wehgetan zu haben, und weil er endgültig der Vergangenheit angehört, keinen Platz mehr in ihrem Leben zu beanspruchen hat. Er erlebt diese Erkenntnis körperlich, sie ist wie ein flacher Schlag ins Gesicht, der ihm den Atem nimmt, im ersten Augenblick mehr Erstaunen als Schmerz hervorruft. Während er sie hält und spürt, wie das Weinen langsam verebbt, jagen seine Gedanken, versucht er, mit Logik Gefühle anzufechten. Er fragt, statt den neuen Zustand anzunehmen, er glaubt, bezweifeln, ändern, erschüttern zu können.
Während Sabine im Bad ihr Gesicht ins kalte Wasser taucht, den Waschlappen auf die erhitzte Haut drückt, die geschwollenen Wangen kühlt, steht Markus neben ihr, hat eine Hand noch immer auf ihrem Rücken liegen, als könne er so einen Kontakt herstellen, grübelt, findet Fragen, die Sabine nicht oder nur unbefriedigend beantworten kann. Er erfaßt nicht ihr Unvermö-

gen, ihre Gefühle in Worte umzusetzen, er mißversteht das Fehlen präziser Satzinhalte, er bohrt weiter, als stehe vor ihm ein Prüfling, dessen Wissen er bloßlegen müsse. Er sieht, wie sehr er Sabine quält, spürt selber diese Schmerzen, kann aber nicht absetzen, will die gegebene Klarheit hintergründig analysieren, das Wissen sezieren, um der Ursache willen.
Plötzlich läßt eine Frage Sabine aufschrecken, ihr nasses Gesicht taucht auf.
Was hast du gefragt?
Ich fragte, ob es wegen Jutka sei.
Ich weiß, du kannst sie nicht leiden, aber was hat sie mit uns, mit dir und mir zu tun?
Nichts, vergiß es, ich dachte nur.
Sabine starrt Markus einen Augenblick verwirrt an, läßt schließlich den Waschlappen sinken.
Ich bin müde, ich fühle mich hundeelend, ich will schlafen.
Sie geht an Markus vorbei, dreht sich um mit hängenden Schultern.
Wenn du willst, bleib hier. Ich helfe dir morgen packen. Ich möchte nicht, daß du einfach so gehst und wir kein Wort mehr mitsammen reden... dazu warst du zu wichtig für mich.
Bleiern vor Müdigkeit hört sie Markus noch stöbern, aber sie schläft bereits, als er mit seiner Tasche voller Bücher, dem Waschzeug und dem Kassettenrecorder die Wohnung verläßt, den Schlüssel von draußen durch den Briefschlitz schiebt, ihn aufschlagen hört, die Treppe hinuntergeht, mit hängendem Kopf aus dem

Haus tritt, die Unterlippe trotzig und zornig vorgeschoben, die Augen in Tränen.

Die Ankunftshalle ist fast leer. Sabine richtet sich auf eine lange Wartezeit ein, setzt sich, legt vorsichtig den Blumenstrauß hin, packt aus ihrem Korb ein Buch, eine Tafel Schokolade aus, beobachtet kurz die Schalter, wendet sich dem Buch zu, versinkt, läßt sich von den Wörtern davontreiben, geht auf innere Entdeckungsfahrten. Manchmal streckt sie gedankenverloren die Hand aus, die Folie knistert, sie steckt ein Stück Schokolade in den Mund, lutscht, ihre Nerven nehmen den süßen Geschmack wahr, ihr Körper fühlt einen Genuß, den ihr Geist nicht wahrnimmt. Ihre Träume jagen den Ideen des Schriftstellers nach, katapultieren sich in die Unmöglichkeit, während sich rundherum Menschen verabschieden, wirkliche Reisen unternehmen.
Stephan beobachtet Sabine, er sieht ihre Hand traumverloren zu der Folie greifen, er sieht, wie bedächtig sie die Seiten umschlägt, selbst im Blättern nicht zurück zu ihrer Umwelt findet, abwesend in einer Szene der beständigen Abfahrten und Ankünfte, in einer reisegeschwängerten Luft, die von vielen Schritten und dem schleifenden Geräusch mitgeschleppter Koffer, dem Rufen und Ansagen, dem Gebrülle sich verloren geglaubter Kinder und wichtigtuerischer, aufgeregter Touristen, dick, schwer zu durchdringen, fast zerschneidbar in ihrer Schwüle und Aufgebrachtheit ist. Still, unbemerkt, hat sie sich auf eine Reise begeben, deren genaues Ziel nur sie kennt, deren Abfahrt ihr

überlassen, jederzeit wiederholbar, jederzeit abwandelbar ist. Inmitten all der Menschen, die rastlos sich in der Halle hin und herschieben, Floskeln von sich gebend, um nur irgendetwas zu sagen, dem Moment des Aufbruchs, je nach Gemüt und Verfassung, entgegenfiebernd, ausgeliefert, geprägt von der Fahrt, selbst in ihren nebensächlichsten Bewegungen klassifizierbar und aufdringlich nach Reisefieber riechend, hat sich Sabine still davongemacht.
Er steht auf, schlendert wie von ungefähr zu der anderen Sitzgruppe, bleibt vor Sabine stehen. *Wie ihr Haar leuchtet, so dicht und fest...* Er räuspert sich, Sabine rührt sich nicht.
...Ich setze mich einfach neben sie, dann wird sie aufschauen... Er setzt sich hin, schlägt ein Bein über das andere, faltet die Hände über dem Schenkel, sieht Sabine unverwandt an. Ihre Hand tastet nach der Folie, die Finger gleiten über die verbliebene Schokolade, brechen ein Stück ab.
Ich will, daß sie mich sieht... sie hat schöne Finger, kräftige Handgelenke... an einem Wochentag hier heraußen... sie kann keine Arbeit haben... Studentin... wenn sie jemanden erwartet...
Sabines Hand streckt sich wieder vor, er hebt seinen Arm, kommt ihren Fingern entgegen, will schon zugreifen, sie halten, da hebt Sabine den Kopf, schaut ihn direkt an, die beiden Hände verharren regungslos über der angebrochenen Schokoladentafel. Sabine lächelt.
Wollen Sie kosten?

Ich wollte keine Schokolade wegnehmen, ich wollte Ihre Hand angreifen.
Ich an Ihrer Stelle hätte die Schokolade genommen, sagt Sabine und wendet sich wieder dem Buch zu.
Was lesen Sie? fragt Stephan schnell, er fühlt Sabines Abwehr, ihren Wunsch, ungestört zu sein.
Ist das so wichtig?
Wie lange werden Sie hier sitzen?
Ich weiß es nicht.
Ist das jetzt wahr oder will sie mich abwimmeln? Ihre Blumen brauchen Wasser.
Vielleicht.
Ich hole welches.
Gut.
Sabine merkt nur noch, daß er sich hastig erhebt, wendet sich erleichtert dem Buch zu, schaut noch einmal auf, sieht Stephan in der Menge verschwinden. *Zu schmale Schultern und lange Beine*, dann hat sie ihn vergessen.
Stephan läuft hinunter ins Kellergeschoß zum Supermarkt. Die endlosen Gänge hallen wider vom Klappern seiner Absätze. Eine Tür wird geöffnet, weißes Licht fällt auf den Boden, eine Putzfrau schiebt ihren Kübel mit dem Fuß vor sich her.
…Warum tue ich das?… Warum tue ich dauernd Dinge, die ich nicht erklären kann… Warum laufe ich jetzt hier, warum will ich ein Gefäß für Blumen, die mir nicht gehören, sondern einer Frau, die ich nicht interessiere, der ich egal bin, vermutlich sogar lästig?… Warum wollte ich ihre Hand wirklich angreifen und

warum mußte ich sie immerzu anschauen... warum treibe ich mich hier überhaupt herum?... Was suche ich hier? Ist es Zufall, daß ich sie treffe? Ist es Zufall, daß ich von ihr wahrgenommen werden möchte? Ist es Zufall, daß ich gerade heute hier bin?... Ist es Zufall, daß alle meine Zufälle so chaotisch ineinander verflochten sind? Steckt in meinen Zufällen Sinn? Sind die Zufälle Zufälle, die sich zufällig in meinem Alltag ereignen, oder bin ich der Zufall, der zufällig in einen normalen, sinngeordneten Alltag stolpert?... Keine Vasen, nur Einmachgläser... Wer kauft auf einem Flughafen Einmachgläser?... Wer denkt bei der Ankunft ans Einkochen, wen erwarten nach dem Abflug Kisten voll Obst? Was tun Einmachgläser auf einem Flughafen... Ist das ein Scherz des Filialleiters?... Ist das Zufall, daß sie heute hier stehen, große Dreilitergefäße, oder ist es Zufall gewesen, der dem Leiter diktierte, Gläser anzufordern?... Gibt es etwas, das nicht dem Zufall unterliegt, oder unterliegt der Zufall aufblitzendem Chaos?... Ist der Zufall vielleicht durchbrechendes Chaos?...

Die weißgekachelten Wände blitzen, Stephan mustert sich in den breiten Spiegeln. Dann öffnet er einen Wasserhahn, entfernt Deckel, Spange, Gummiring, hält das Einmachglas unter den Wasserstrahl, verläßt dann den Waschraum, geht zu den Rolltreppen, die Tasche fest unter seinen Arm geklemmt. Vorsichtig hält er das Glas.

Ich habe etwas für Ihre Blumen.

Hm?

Sabine schaut auf. Stephan steht vor ihr, er hält das Glas direkt vor ihr Gesicht.
Etwas Schöneres war nicht aufzutreiben.
Er bückt sich, nimmt den herrlichen Strauß auf, preßt die Stengel zusammen, um sie leichter durch die Glasöffnung schieben zu können.
Sind Sie verrückt? fragt Sabine vorsichtig.
Ist es nicht schön?
Ich habe Sie etwas gefragt.
Ach ja? Gefällt es Ihnen?
Ich will nicht, daß Sie etwas für mich tun.
Ich tue es für die Blumen, die noch dazu vermutlich gar nicht für Sie bestimmt sind. Sie sehen, ich tue also gar nichts für Sie.
Ich glaube, Sie sind verrückt, zumindest ein bißchen.
Darf ich mich zu Ihnen setzen?
Ich habe die Schokolade schon aufgegessen.
Auf welches Flugzeug warten Sie?
Das weiß ich nicht.
Auf welches wollen Sie denn warten?
Auf das Richtige.
...Welches könnte denn das Richtige sein?
Die Maschine aus Frankfurt.
Die landet in einer Viertelstunde, wir sollten hinunter in die andere Halle gehen.
Wir?
Ich muß das Glas mit den Blumen tragen.
Sie sind sehr eigensinnig.
Und Sie brauchen mich.
Hören Sie mir eigentlich zu?

Sie sprechen etwas leise.
Verstehen Sie den Sinn meiner Sätze?
Ich warte auf die Hauptsache.
Sabine will etwas erwidern, schließt jedoch den schon geöffneten Mund, packt das Buch in den Korb, steht auf. Stephan klemmt wieder die Tasche unter einen Arm, nimmt das Glas mit den Blumen. Schweigend gehen sie nebeneinander zu den Rolltreppen, verlassen das Stockwerk, tauchen in der tiefergelegenen Halle wieder auf. Sabine stellt sich an die Glaswand, so dicht, daß sie beschlägt, weicht zurück, zeichnet schnell in den Hauch ein Strichmännchen, das sich schon auflöst, während sie es formt. Der Duft des gewaltigen Blumenbuketts neben ihr verstärkt nur noch ihre Aufregung.
Du freust dich.
Sabine merkt gar nicht, daß Stephan sie duzt. Neugierig beobachtet er sie, prägt sich ihr Gesicht ein, ihre Haare, ihre Figur, ihren Geruch, ihre Haltung, als sei nun die letzte Möglichkeit für ihn, sie wahrzunehmen.
Du freust dich wie ein kleines Kind.
Sabine lacht. Es klingt sehr leise, wie Gurren, und Stephan ist verzaubert.
Um die Ecke biegen die ersten Fluggäste. Sabine stellt sich auf Zehenspitzen, als gewänne sie dadurch bessere Sicht. Neben ihr wird gerufen, gewunken, hastig vor zu den Türen gelaufen. Die letzten Passagiere kommen. Sabine sieht ihnen zu, wie sie nach ihren Koffern greifen, auf die Zollbeamten zugehen, den Raum verlassen.
Was kommt jetzt? fragt Stephan.
Warten auf die nächste Maschine.

Wann?
Zu Mittag.
Was hältst du von Kaffee?
Sabine schaut ihn an. Er trägt noch immer das Glas mit den Blumen, hinter denen fast sein Gesicht verschwindet. Seine Augen blitzen, die Brauen, die über der Nase dicht zusammenwachsen, üppig und dunkel dem weichen Gesicht etwas lächerlich Verwegenes verleihen, zucken an den Schläfen. Die Nase ist scharf und spitz, paßt wie die Brauen nicht zum Übrigen.
Warum siehst du mich so an?
Du wirkst ziemlich zusammengewürfelt.
Diesmal lacht Stephan. Es ist ein dumpfes Lachen, das tief in seiner Kehle steckt, viel zu laut, breit und männlich für den schlacksigen Körper ist.
Ich bin Sabine, sagt sie lächelnd, nimmt den Korb und seine Tasche, geht voran.

In der Cafeteria sitzen sie einander gegenüber, rühren in ihren Tassen, blicken hin und wieder auf, fühlen die gegenseitige Aufmerksamkeit. Keiner will mit dem Reden beginnen, jeder überläßt den Anfang dem anderen.
Ich warte auf meine Freundin.
Ist sie so wie du?
Wie bin ich?
Stephan stockt, zuckt die Achseln, lacht.
Eins zu null für dich. Ich heiße Stephan.
...Sie kommt aus New York und ich habe sie schon wochenlang, was heißt das Wochen, schon drei Monate nicht mehr gesehen.

Was hat sie drüben gemacht?
Urlaub.
In New York?
Sie hat Verwandte dort.
Ist sie Amerikanerin?
Nein,... sie ist von fast überall her. Sie hat zwar die österreichische Staatsbürgerschaft, aber sie gehört keinem Land wirklich an. Sie lebt auf der Erde, also ist der Planet ihr Zuhause. Sie denkt im Großen, Grenzen sind ihr verhaßt, so sehr, daß sie sich bemüht, sie zu übersehen oder einfach darüber hinwegzusteigen.
Hatte sie einmal Schwierigkeiten?
Ihr Großeltern sind jüdisch.
Und sie?
Sie läßt sich auf nichts festlegen, sie gehört weder einer Religion noch einem Staat noch einer bestimmten sozialen Gruppe an.
Dann muß sie sehr einsam sein.
Sie ist stark.
Jeder ist von irgendetwas oder irgendwem abhängig.
Glaubst du das wirklich?
Aber ja, und wenn wir nur von Zufällen abhängig sind. Ich sitze hier zum Beispiel mit dir, ich kenne dich nicht, und trotzdem rede ich, als hätten wir bereits jetzt etwas gemeinsam.
Aber du hängst nicht von mir ab.
Noch nicht. Aber warum sitzen wir hier? Warum habe ich dich angesprochen, warum hast du geantwortet, warum habe ich deine Blumen versorgt, warum? Ich weiß, daß ich dich unbedingt kennenlernen wollte. Ich

wußte nichts von dir, ich sah nur, wie du das Buch verschlangst, als hinge deine Seligkeit davon ab, und wie du so nebenher deinen Körper mit Schokolade fülltest. Du warst etwas Fremdes inmitten all der hektischen Wesen, und ich beneidete dich um die Intensität deiner Versenkung. Und dieser Neid war auf dich, auf den Unterschied zwischen dir und mir zurückzuführen, hing ab von dir. Der Neid und die Verwunderung ließen mich dich ansprechen und ich begab mich, wenn du so willst, in ein Abhängigkeitsverhältnis, ich lieferte mich deiner Reaktion aus. Wir kannten uns nicht, trotzdem verband uns etwas. Und jede noch so geringe Bindung, sei sie auch einseitig, bedeutet Abhängigkeit.
Das heißt, daß Jutka, meine Freundin, also wegen ihres starken Gefühls mir gegenüber von mir abhängig ist?
Ja, natürlich.
Analysierst du stets alles so? Sezierst du dich andauernd?
Ja.
Warum?
Ich suche den Sinn.
Du willst den Sinn immer gleich erkennen? Kannst du nicht warten? Oft zeigt er sich doch von selbst, wenn man nur ein bißchen Zeit verstreichen läßt.
Ich bin ungeduldig.
Du zerfleischst dich noch selbst.
Findest du?
Du bist grotesk. Du versuchst, allem auf die Schliche zu kommen. Dabei bist du doch dem Leben ausgesetzter als wenn du es vorbehaltlos annimmst, dich überra-

schen läßt. Du hast ja gar keine Zeit zu leben, wenn du dauernd analysierst.
Du hältst mir ja eine Predigt!
Entschuldige.
Nein, es macht nichts, ich höre dir gerne zu. Du lachst wenigstens nicht.
Lachen die anderen?
Sie nennen mich den Chaotiker.
Sabine lacht, prustet los.
Findest du es nicht eigenartig, daß gerade du so genannt wirst? Obwohl du nichts anderes im Sinn hast als krampfhaft Sinn und Ordnung zu erkennen?
Ich bin vermutlich etwas schwierig zu ertragen.
Du sagst das so traurig.
Vergiß es.
Wen erwartest du denn hier?
Niemanden. Das heißt, heute dich.
Mich hast du nicht erwartet.
Aber ich habe dich gefunden.
Du hast mich nicht verloren.
Man kann finden und erst im Finden erkennen, daß es bis dahin abging.
Und was ging dir bis jetzt nicht ab?
Das kann ich noch nicht genau sagen, aber ich fühle mich jetzt sehr wohl.
Was tust du also hier?
Ich spaziere herum, betrachte die Menschen.
Auf einem Flughafen?
Ja. Da herrscht eine besondere Atmosphäre, alles ist unruhig im Aufbruch begriffen. Es zieht mich an, be-

sonders dann, wenn ich selber rastlos bin. Ich bin es sehr oft.
Und du sprichst dann Leute an, so wie mich heute?
Ja, hin und wieder.
Bestimmte Typen?
Nein... Manchmal helfe ich alten Leuten, manchmal quatsche ich Alleinreisende an, manchmal versuche ich, mit Kindern zu spielen.
Und das befriedigt dich?
Nein.
Ich verstehe dich nicht.
Bist du denn mit deinem Leben zufrieden?
Ja, ich glaube, ich bin dabei, es...
Du warst also nicht immer zufrieden?
Aber nein.
Wieso verstehst du es dann bei mir nicht?
Du tust nichts dagegen, obwohl du es weißt.
Ich weiß nur, daß es mir so nicht gefällt.
Warum nicht?
Es ist so bedeutungslos, so egal, so leer.
Was arbeitest du?
Ich konstruiere Dachstühle. Ich mache jeden Tag das gleiche.
Warum?
Weil es mein Job ist, ich bin für die Dachstühle zuständig.
Aber dann bist du doch nicht egal...
Ohne mich würden sie einen anderen anstellen, der diese Dachstühle zeichnen kann... Mein Vater ist Teilhaber einer Architektenfirma, ein Großraumbüro, zwanzig Leute arbeiten da, ich bin einer von ihnen.

Was stört dich?
Ich bin dort wie ein Beamter, der langweilige Dachstühle entwirft, immer die gleichen, weil sie einer Norm und den Gesetzen entsprechen müssen, weil sie wenig kosten sollen. Sie sind vielleicht unpraktisch, auf jeden Fall aber unschön.
Stört es dich, daß du bei deinem Vater arbeitest?
Nein. Nein, ich glaube nicht.
Stört es dich, daß er dich nicht frei schaffen lassen kann oder will?
Ja, und ob.
Vielleicht kann er es sich nicht leisten. Wie willst du denn deinen Beruf ausüben?
Ich möchte Häuser bauen, die in die jeweilige Landschaft und Zeit passen, Wohnungen, die abgestimmt sind auf die Menschen und ihre Bedürfnisse, nicht umgekehrt, selbst wenn die Gesetze das so weit wie möglich einschränken.
Du bist ein Phantast.
Weshalb?
Weil deine Bauten unerschwinglich wären.
Das glaube ich nicht einmal.
Du müßtest Kompromisse schließen.
Warum bist du deiner selbst so sicher?
Ich bin nicht selbstsicher... du hättest mich früher kennen sollen. Ich war entsetzlich, ich konnte gar nichts, überhaupt nichts. Ich war das unselbständigste Wesen, das du dir vorstellen kannst.
Und was hat dich verändert?
Jutka. Jutka hat das alles ausgelöst. Von Jutka habe

ich gelernt... ich glaube, sie bemerkte gar nicht, wie sehr sie mich beeinflußte. Aber zum Schluß war sie erschüttert, als ich versuchte, alle Brücken hinter mir abzubrechen und eine Flucht nach vorn begann.
Und heute schlägst du wieder eine Brücke zu ihr zurück.
Ja, ich will es versuchen... sie geht mir ab.
Habt ihr zusammengewohnt?
Nein.
Warum nicht?
Wir sind zu verschieden.
Was tust du eigentlich?
Ich möchte Malerei studieren.
Du beginnst erst?
Ich erfahre in wenigen Tagen, ob ich angenommen werde.
Du weißt es noch nicht?
Doch, ich weiß es, ich bin gut genug. Ich hab es nur nicht offiziell.
Und wovon willst du später leben?
Das ist weit weg, darüber denk ich doch jetzt nicht nach, mich beschäftigt die Gegenwart genug.
Hast du einen Freund?
Nein.
Du sagst das so komisch. Ist es wegen Jutka?
Aber nein! Wieso glaubt jeder, alles sei wegen Jutka?
Du betonst doch selbst ihre Wichtigkeit.
Schon, aber... ich habe gerade mit meinem Freund Schluß gemacht, und er meinte auch, es wäre wegen Jutka. Ich hab sie doch seit Ewigkeiten nicht mehr gesehen.

Soll das ein Verhör sein?... Ich erzähle viel zu viel von mir, ich liefere mich aus... Sein Gesicht ist wirklich komisch. Diese weiche Wangenlinie, wie bei einer Frau, die dicken Brauenbalken und die spitze Nase... das volle Haar und der kleine Mund... vielleicht sieht er einmal gut aus, wenn er alt ist... was würde Markus sagen, wenn er ihn hörte... Er ist das genaue Gegenteil, Markus ist so bestimmt, er teilt ein, plant bis in alle Ewigkeit, ist nüchtern, zeigt Schwäche und Gefühl nur in der Küche und im Bett... was er jetzt wohl macht, ich hab so lange nicht an ihn gedacht... wieso fällt er mir jetzt ein?
Hat sie nicht geschrieben?
Hm? Ja, doch.
Na, und?
Ich habe nicht geantwortet. Ich war so mit mir selbst beschäftigt. Ich war weg, in jeder Hinsicht.
Das kann ja ein feines Wiedersehen werden.
Ist es nicht bald Zeit?
Bald.
Sie sitzen und schweigen, hängen ihren Gedanken nach. Manchmal schauen sie einander an, lächeln.

Die Wolken lösen sich auf. Dunstschwaden ziehen über die Tragflächen, blau schimmert es vorn, weiße Türme häufen sich am Horizont, watteweich und einladend, scharf begrenzt, strahlend am satten Mittagshimmel. Weit dehnt sich die Erde unter dem Flugzeug, braun, gelb, schwarz leuchten die Felder, die bewaldeten Flanken der Berge wirken wie nasser

Samt, auf den Spitzen blitzt es weiß, in den Rinnen liegt erster Schnee.

In Jutka taucht der tränenreiche Abschied von New York auf, einen Augenblick lang faßt sie ungezügelte Sehnsucht nach der Bande in Sues Wohnung, nach den kleinkarierten, liebenswerten Verwandten, Heimweh nach der Ferne, nach bestimmten Momenten. Der Schmerz in ihrem Kopf, das dumpfe Gefühl im Bauch ziehen sie zurück in die Gegenwart, teilnahmslos starrt sie auf den Flughafen, der nun knapp vor ihnen liegt. Der Himmel hängt plötzlich schief über ihr, die Erde kippt weg, die Motoren dröhnen, dann ist das Gleichgewicht wieder hergestellt, die Horizonte halten sich die Waage. Sie rasen dem Boden entgegen.

Haben Sie Angst? fragt Jutkas Nachbar.

Sie schüttelt den Kopf.

Ein starker Wind zaust die Ziersträucher vor den Eingängen. Das richtige Wetter für mich, denkt sie, schlüpft in die Kostümjacke, nimmt ihre Tasche, lächelt dem Nachbarn zu, bewegt sich durch den engen Gang hinaus auf das Rollfeld.

Die Schiebetür gleitet zurück, draußen hängen Menschentrauben, drängen der Öffnung entgegen, stieren hinein, versuchen, bestimmte Gesichter zu entdecken, ihnen zuzuwinken. Sie schreien, im Hintergrund trommeln Jugendliche auf Blechdosen einen Willkommensgruß, Babies brüllen, eine Männerstimme ruft monoton und ohne Pause hierher, hierher!

Die Menge teilt sich, läßt Jutka passieren. Der Koffer wird von Schritt zu Schritt schwerer, plötzlich fragt jemand neben ihr:
Darf ich helfen?
Jutka wirft einen Blick zur Seite, ein junger Mann schaut sie an, als wisse er, wer sie ist.
Sie stellt den Koffer nieder, sieht auf einmal das Gesicht neben dem Mann. Etwas in ihr jubelt vor unerwarteter Freude, der Druck im Bauch läßt nach, alles wird schwerelos, ihr Körper bewegt sich, sie hat das Gefühl, vorwärtszustürmen und gleichzeitig wie angenagelt und festverwurzelt an einer Stelle zu kleben. Ihre Füße sind so zentnerschwer, sie will etwas sagen und bringt keinen Ton heraus.
Dann ist das Gesicht da, Arme legen sich um ihren Hals, sie riecht vertrautes Haar, vertraute Haut, preßt den Kopf dagegen und schluchzt Sabine, Sabine, so verzweifelt, als zerbreche etwas in ihr, als geschehe gerade in diesem Augenblick etwas ungeheuer Schlimmes, während ihr Verstand grübelnd die Szene aufnimmt, die erstaunten, leicht belustigten Blicke des jungen Mannes, die eigenen zuckenden Schultern, das Beben in der Stimme registriert, ihr Benehmen als lächerlich und übertrieben einstuft und sich davon distanziert.

Es ist ein erregendes Gefühl, schwärmt Sabine. Du kannst dir nicht vorstellen, wie schön es ist, jemanden zu porträtieren. Du schaust ein Gesicht an. Du schaust es so intensiv an, als müßtest du es mit den Augen verschlucken. Du siehst alles, die kleinsten Unregelmäßig-

keiten, die Farben, die Schatten, die Formen. Das Gesicht ist eine unendlich komplizierte Landschaft, die ständigen Änderungen unterworfen ist und trotzdem eine bestimmte charakteristische Eigenheit hat, die durch sämtliche Änderungen hindurchschimmert... Ich habe ein Gesicht vor mir, ich trage die Vorstellung dieses Gesichtes in mir, mit mir herum... und dann kommt das Schwierige. Ich muß meine Hände dazu bringen, das Bild, das in meinem Hirn ist, auf Papier oder sonstwas zu übertragen. Und manchmal ist der Unterschied so groß, daß ich das Bild nicht als meines erkenne, es ist fremd. Es ist weder das Gesicht, das ich sehe noch die Vorstellung, meine Vorstellung von dem Gesicht. Und das ist das Schlimmste. Irgendwo zwischen Augen, Hirn und Händen wird etwas nicht richtig weitergegeben. Es ist ein Zustand, der mich krank macht.
Wenn du üben willst, stehe ich zur Verfügung, sagt Stephan und trinkt seinen Kaffee.
Am Abend, nach dem Büro, nach meinen blöden Dachstühlen, das geht schon... ich meine, wenn mein Gesicht überhaupt paßt...
Sabine muß lachen.
In deinem Gesicht paßt überhaupt nichts zusammen! Aber es wird herrlich zu zeichnen sein. Wenn du wirklich so lieb sein willst...
Wann soll ich kommen?
Morgen.

Woher kennst du ihn?

Vom Flughafen.
Als du mich abholtest?
Ja.
Hat er dich angesprochen?
Ja. Er war sehr lästig... und lieb... und ein bißchen, ein bißchen eigen.
Es ist soviel geschehen in diesem Sommer.

Die zwei Schirme stoßen aneinander, die Speichen verkeilen sich immer wieder. Dann werden sie auseinandergeschüttelt, die Tropfen fliegen nach allen Seiten. Jutka läßt ihren Schirm zuschnappen, hält das Gesicht dem grauverhangenen Himmel entgegen. In Sekundenschnelle ist es naß, der Regen rinnt über ihr Haar, dessen dunkle Fülle sich langsam in nasse Strähnen auflöst, an deren Spitzen Tropfen kurz verharren, bevor sie auf die Schultern fallen. Ihre Stirn glänzt, über die Nase, die Wangen läuft jetzt der Regen, die Lippen beginnen unter den Tropfen zu schimmern, die Strenge ihrer Züge wird aufgeweicht, gerundet, es ist, als schwappe das Wasser die scharfen Konturen weg.
Sabine schaut zu, wie das Gesicht verschwimmt, wie Jutka den Regen genießt.
Ich habe von dir geträumt, sagt Jutka.
Und?
Jutka antwortet nicht.
Was hast du von mir geträumt?
Jutka dreht sich um, sieht Sabine an, ihr Blick geht durch sie hindurch, sie ist sehr weit weg, fremd, kalt und abweisend. Sabine hebt die Hand, möchte Jutka

berühren, sie zurückholen, diesen leeren Blick von ihrem Gesicht ablenken.
Es war entsetzlich, flüstert Jutka plötzlich. Es war schrecklich, ich habe dir sehr weh getan.
Was? Weshalb?
Wir haben uns gegenseitig zerfleischt... mit langen Krallen und spitzen Enterhaken, die wir uns gegenseitig hineinstießen, bis sich unser Blut vermischte.
Und dann?
Jutka öffnet schon den Mund, da sieht sie Sabines neugierigen Ausdruck, abgestoßen und zugleich angezogen.
Nichts, sagt sie knapp und geht weiter. Ihr Gesicht ist weiß, die Erinnerung an den Schluß des Traumes macht ihr zu schaffen, sie fühlt Sabine neben sich, hat im Kopf noch die blutigen Bilder, fröstelt.

Der kalte Wind fegt über den Innenhof, zerrt an den Fensterläden, heult durch die offenstehende Einfahrt. Jutka steht vor der Staffelei, ein leeres Blatt ist eingespannt, über einem der Körbe liegen Zeichnungen, flüchtige Skizzen, hingeworfene Formen, die im ersten Augenblick gegenstandslos erscheinen, sich erst bei näherem Hinsehen als abstrahierte Studien von Gesichtfragmenten entpuppen. Stephan steht neben Jutka, bürstet sein Haar.
Ich verstehe nicht viel davon, beginnt Jutka zögernd.
Aber? ermuntert sie Sabine.
Es sieht so aus, als hättest du seit damals auf der Terrasse, als du Mary Yen zeichnetest, immense Fort-

schritte gemacht... und das damals hat mir schon gefallen.

Je länger ich zeichne, desto schwieriger erscheint es mir, antwortet Sabine und sortiert die Pinsel, legt alles zurecht.

Es riecht nach Tannenzweigen und Zapfen, die vielen Lampen sind rund um die Staffelei und einen Sessel in der Raummitte gruppiert, bilden eine schimmernde helle Insel. Stephan setzt sich, rückt hin und her, wartet auf Sabines Anweisungen, lächelt Jutka zu.

Ich möchte, daß du sprichst, sagt Sabine. Ich möchte, daß du irgendwas erzählst, einfach für dich. Du sollst deinen Ausdruck ändern, und das wirkt natürlicher so... Laß dich von uns nicht stören. Vielleicht reden Jutka und ich auch, wahrscheinlich hören wir dir gar nicht zu. Sei du für dich allein Erzähler und Zuhörer in einem. Schließe uns aus... entspann dich... ja, so. Nein, den Arm versuch tiefer zu legen, auf der Lehne wird er dir einschlafen, es ist aber egal... vergiß mich, vergiß alles, versuche, den Pinsel zu vergessen, ignoriere mein Zeichnen, sonst geht es nicht, fang mit irgendetwas an...

Wenn sie an der Staffelei steht, dann weiß sie ganz genau, was sie will. Sie ist härter, selbstbewußter. Das ist neu an ihr, aber sonst... wir sind zusammen, als bräuchten wir uns tatsächlich, als seien wir voneinander abhängig... ich war noch nie abhängig... es ist eigenartig... ich brauche das Gefühl, daß sie mich braucht. Vielleicht sind Ruth und sie doch nicht so verschieden... Wie sehr sie sich konzentriert, sie starrt, sie schaut richtig verbissen... und Stephan redet... sein

Gesicht, sie hat recht, sein Gesicht ist zusammengewürfelt, diese weichen Wangen... wie er die Ecke dort fixiert, ich dachte nie, daß Modellsitzen anstrengend sein könnte... er hat eine schöne Stimme, so tief und rein, eine Stimme, die man fühlen kann... ich fühle mich so wohl, diese Wärme, das Geräusch des Pinsels, das Knarren der Bodenbretter, wenn sich Sabine bewegt... seine Geschichte, ziemlich phantastisch, was er da sagt... er hat einen Hang zum Surrealen...
Sabine legt den Pinsel weg, geht in die Küche. Jutka hört das Öffnen der Kühlschranktür, ein Schnappen und Klirren, sie kommt zurück mit einer Flasche Wein und Gläsern, schenkt ein, stellt vor jeden den gefüllten Römer hin.
Sie prostet Jutka zu, die sich zu Stephan gesetzt hat und ihm zuhört. Jutkas Lippen haben sich geöffnet, ihr Gesicht wirkt sanft, verloren. Sabine nimmt die Feder, taucht sie in Tusche, hält den Ausdruck fest, fängt den schimmernden Mund, die bebenden Nasenflügel, die halbgeschlossenen Augen ein, ihre Hand wird immer schneller, sicherer, folgt den vertrauten Linien, zieht sie nach, schafft sie neu.
Stephan schaut auf, schenkt sich neu ein, trinkt, hat den Faden verloren. Er zuckt die Schultern, läßt die Geschichte fallen, nimmt sie wieder auf, als würde nichts fehlen, trinkt, versenkt sich.
Er trinkt wie ein Loch und trotzdem spricht er noch klar... er ist ein wunderbares Modell. Jutka mag ihn... Jutka mag ihn tatsächlich... wie dunkel sein Gesicht jetzt geworden ist... ich muß das malen, die Farben,

die in seinen Augenhöhlen sitzen, er muß berauscht sein... wie er noch so reden kann... sein betrunkenes Gesicht, wenn ich das schaffe, wenn ich das alles bloß malen könnte...
Er wird müde, flüstert Sabine Jutka zu.
Er schläft fast schon ein.
Er schläft, sagt Jutka und holt einen Polster, um ihn unter Stephans Kopf zu schieben.
Schau, ruft Sabine. Schau, was ich gemacht habe. Ist es nicht wundervoll?
Die Farben leuchten, die Striche treten klar hervor. Stephans Gesicht glüht auf dem Papier, sein Gesicht ist zur ausdrucksvollen Maske geworden, geballt und überwältigend lebt er auf den Blättern.
Seit der Aufnahmsprüfung, sagt Sabine, bin ich neu. Ich bestehe nur noch aus dem Wunsch, zu zeichnen, zu malen, zu modellieren. Ich bin nur noch Auge und Hände.

***

28. Oktober

Im Hörsaal ist es stickig und heiß. Die Mäntel liegen übereinandergeworfen auf dem langgestreckten Pult, dahinter geht der Professor ruhelos auf und ab. Seine Hände flattern, er wischt damit durch die Luft, unterstreicht Phrasen, wedelt Sätze von sich. Jutka sitzt in der letzten Reihe, gleich neben dem Ausgang, hat ihre Jacke über die Knie gelegt, um schnell draußen zu sein, nach dem Ende gleich aufbrechen zu können. Sie hat mich gesehen, heute aber offensichtlich keine Zeit, um in der Mensa Kaffee zu trinken.

Mein Gehirn, hat sie mir einmal erklärt, als ich ihre Mitschrift nicht lesen konnte und ihre Hilfe brauchte, mein Gehirn ist eine einzige Registrierkasse. Einläufe werden gesichtet, geordnet, gesammelt. Es ist eine Veranlagung, mir fällt Lernen einfach leicht. Ich kann nichts dafür, selbst wenn manche mir nächtelanges Büffeln vorwerfen, es stimmt nicht. Wenn ich mich konzentriere, fließen die neuen Wörter, neuen Ausdrücke, Gesetze, Verordnungen, Paragraphen, Regeln und so weiter in meinen Kopf hinein und haken sich fest. Ich brauche dann nur noch auszusortieren. Wenn ich mich konzentriere, ist es ganz leicht.

Jutka ist ein Stadtmensch.

Sie liebt Mauern um sich, verschachtelte, ineinander übergehende, sich kreuzende Gassen, weite Plätze, von imposanten, geschichtsträchtigen Bauten umgeben, die sich auf die Leere zu stürzen scheinen, Parks, in denen Natur gezähmt, beschnitten, konstruiert und überschaubar ist, Menschen, die sich in Massen durch die Straßen wälzen, vor den Kinos und der Oper Schlange stehen, in den Bussen eng und dumpf riechend beieinanderhocken, aggressiv, überschäumend, zurückhaltend, vorsichtig und überschwenglich. Jutka liebt es, spazierenzugehen, die Leute als Teil eines Ganzen zu betrachten, die Stadt aber gleichzeitig zu zergliedern, zu analysieren, jeden Baustein zu erkennen, die verschiedenen Strukturen zu durchschauen. Sie geht sachlich vor, geleitet von ihrer Vernunft, um hinter den Fassaden der Menschen und Gebäude das Ursprüngliche, Sinngebende, Konkrete, Wahre zu entdecken. Sie ist ein Verstandesmensch, der sich von Wissen und Erfahrung leiten lassen möchte, Gefühle im Zaum zu halten versucht, Instinkten den Weg blockiert. Eigenen Empfindungen und Erregungen geht sie auf den Grund, sie vertraut ihnen nicht blindlings, will sie sogar bewußt lenken und steuern, ist zutiefst beunruhigt, wenn es ihr nicht gelingt, Herrschaft über ihre Gefühle zu behalten.

In letzter Zeit ist sie öfters zu mir gekommen, hat mir von Sabine erzählt. Es ist eine sehr eigenartige Verbindung, die mich interessiert, und meine Fragen scheinen sie zu erleichtern, als könne sie so der Situation besser gegenüberstehen.

Da sie vorbehaltlose Hingabe, Unterordnung des Intellekts, wenn seelische oder körperliche Impulse es verlangen, als Schwäche ansieht, ist der Kampf, den sie seit einigen Monaten mit sich führt, leicht zu verstehen. Ihr eigener Körper hat sich gegen das verstandesbezogene Regime aufgelehnt, Jutka wird von sich selbst verführt.

Sie spürt das Paradoxe ihres Innenlebens, weiß, daß sich ihre Persönlichkeit im Umbruch befindet, daß äußere Umstände ihre Auffassungen und Regeln für ungültig erklären, daß ihre so mühsam aufgebaute und unabhängige Ichbezogenheit zu zerbröckeln beginnt, daß ihr autarkes Gefühlssystem zerstört worden ist. War sie früher imstande, aus rein körperlicher Erregung mit einem Mann zu schlafen, dabei höchste Genüsse zu erzielen, um bereits kurze Zeit später seinen Namen zu vergessen, den Einblick in seine Privatsphäre vollkommen abgeschüttelt zu haben, so ist sie jetzt behutsamer, sanfter, aber auch verletzlich geworden. Wie früher genießt sie kurze Affären, einmalige Abenteuer, aber die Erinnerung löscht sie nicht mehr aus, sie verschmilzt Gesichter nicht mehr zu einem einzigen, unterscheidet Körper und Gesten, Worte und Berührungen, Enttäuschungen und Orgasmen. Es ist kein plötzlicher Wandel, aber Jutka hat ihn nicht wahrhaben wollen, vor sich selbst totgeschwiegen, sodaß sie nun von der Veränderung überrollt wird, nicht mehr eingreifen kann – zumindest erscheint es mir so.

Ihre Unsicherheit sich selbst gegenüber hat sich im Sommer in dem Maße, in dem Sabine an Entschiedenheit und Entschlossenheit dazugewonnen hat, vergrößert, die lange Trennung ohne irgendwelche Nachrichten hat ihr Selbstwertgefühl erschüttert. Die von Amerika erwartete Heilung ist ausgeblieben, im Gegenteil, die Menschen haben sie aufgewühlt, die Annäherung, Berührung ist zu intensiv gewesen. Sie hat offensichtlich die Schicksale anderer zu nahe an sich herangelassen, ist verknüpft worden, sich dessen bewußt, daß sie festgehalten wird in der Erinnerung anderer.

Das unverhoffte Wiedersehen mit Sabine hat eine Umkehr, wie es mir scheint, nun unmöglich gemacht, sie hat es sich endlich eingestanden, daß sie sich gebunden, abhängig und verletzbar fühlt. Für Jutka ist diese Abhängigkeit ein Problem, das sie mit ihrem Verstand lösen will, ja muß. Durch das oftmalige Zusammensein mit ihrer Freundin ist sie einerseits beruhigt und entspannt, auf der anderen Seite verunsichert sie gerade diese Reaktion.
Manchmal habe ich das unbestimmte Gefühl, es sei zu einfach, zu glauben, Jutka entwickle menschliches Zusammengehörigkeitsempfinden. Es ist, als habe sie nicht davor Angst, ihre Selbständigkeit zu verlieren, sondern als sehe sie Folgen voraus, die ich mir gar nicht vorstellen kann und die erschreckend sind. Unser Studium nähert sich dem Ende, die Stunden in den Hörsälen werden bald der Vergangenheit angehören, vor uns allen liegt eine Entscheidung. Vielleicht fühlt sie das, vielleicht wird in ihrem Berufsleben kein Platz mehr für die Freundschaft mit einer malenden, unfertigen Künstlerin sein. Sabine ist alles, was sie nicht ist, sie sind Antipoden, Gegenstücke, die einander spiegelverkehrt entsprechen. Jutkas Härte sich selbst und anderen gegenüber, ihr bedingungsloses Pflichtbewußtsein, ihre besessene Arbeitsfähigkeit, ihr Talent, menschliche Schwächen, wenn es notwendig ist, einfach zu vergessen, zu ignorieren, ihre Gabe, sich über Situationen und Gefühle einfach hinwegzusetzen, wenn es eine Aufgabe erfordert, ihr absolut sachlicher, nie

vom Phantastischen, Surrealen abgelenkter Verstand, ihr brillantes Gedächtnis lassen sie manchmal als geschlechtsloses Wesen zwischen Mensch und ausgezeichnet programmierter Maschine erscheinen, je nachdem, ob sie ihrem Gegenüber entgegenkommt oder es in jedem Sinne überfordert.
Sabines Laschheit, ihre Freude an Ablenkung, ihre sinnliche Orientiertheit, ihr instinktives Erfassen der Umwelt, ihr überhöhtes Einfühlungsvermögen, ihre weiche, kindliche Wärme faszinieren Jutka und stoßen sie zugleich ab. Sie möchte Sabine unterweisen und im selben Augenblick von ihr unterwiesen werden, sie möchte Lehrmeisterin und Schülerin sein. Sie erfaßt Sabine verstandesmäßig, ihr Gehirn kann Sabines Beweggründe sezieren, voraussagen, erklären, aber die Dichte ihrer körperlichen Empfindungen ist Jutka fremd, unverständlich und Anreiz zugleich. Sie spürt, daß hier etwas ist, das sie nicht hat. Vielleicht versucht sie nun, es durch Sabine zu erlangen.

***

Ich glaube, ich liebe dich, sagt Stephan und spielt mit Sabines Fingern.
Warum sagst du: ich glaube?
Weil ich mir noch nicht sicher bin.
Analysierst du schon wieder?
Ein bißchen.
Und was hast du herausgefunden?

Mir macht das Leben mehr Spaß, seit ich dich kenne. Das ist schon viel.
Ich freue mich auf die Stunden hier, wenn ich dir beim Zeichnen zusehen kann, wenn ich mit Jutka diskutiere, wenn ich mit dir schlafe.
Sabine muß lachen: Mit Jutka redest du und mit mir schläfst du!
Ich liebe die Atmosphäre rund um dich.
Also liebst du nicht unbedingt oder an erster Stelle mich.
Ich liebe die Art, wie du wohnst, wie du dich bewegst, wie du Dinge zum Leben erweckst.
Wenn ich ganz genau bin, dann liebst du das, was ich tue, aber nicht das, was ich bin.
Ich weiß noch nicht, was du bist.
Ich weiß es selber nicht... ja, doch, ich bin Malerin.
Das ist dein Beruf. Wie bist du als Mensch?
Als Mensch existiere ich gar nicht.
Und wenn du mit mir schläfst?
Da bin ich eine von ihrem Modell entzückte Malerin.
Mehr nicht?
Äußerst entzückt.
Noch mehr?
Rasend entzückt.
Noch mehr?
Aufrichtig erregt.
Wunderbar. Jetzt auch?
Jetzt auch.

Sabine führt sie zu dem verschwiegenen Innenhof,

steigt vor ihr die Treppe hinauf, bleibt vor der verschlossenen Tür stehen.
Hier ist es.
Jutka legt ihre Hand auf das Holz, fährt mit den Fingern die kühle Maserung nach.
Du meinst, es ist groß genug für drei?
Ja.
Jutka lehnt sich gegen die Wand, schaut auf Sabine herunter, die vor ihr steht, in ihrer Hand leuchtet ein zerknitterter, an den Ecken eingerissener Zettel. Ihr Gesicht strahlt, durch das schmale Flurfenster bricht das Licht der kalten Spätherbstsonne und fällt auf die weichen Wangen, das zum Pferdeschwanz zurückgekämmte Haar, die widerspenstigen Strähnen über den Schläfen.
Ich möchte noch einmal vom Hof hinaufschauen, sagt Jutka, steigt an Sabine vorbei hinunter.
Nichts paßt bei uns zusammen, seufzt sie innerlich und fühlt sich trotzdem federleicht.
Als hätte ihr Gesicht eine Regung verraten, lacht Sabine und schwenkt übermütig den Zettel. Die Entscheidung ist gefallen.

Sabine träumt.
Sie sitzt in einem Wagen und fährt durch eine Herbstallee. Der Himmel leuchtet so blau, als hätte jemand stundenlang daran herumpoliert und ihm strahlende Glanzlichter aufgesetzt. Die Straße ist leer.
Die Bäume rasen auf Sabine zu, sie rasen, kleine Punkte, prächtige, prangende, verschwenderische Farben, die heranwachsen auf beiden Seiten, über ihr zusam-

menschlagen, weit hinter ihr, im Rückspiegel erkennbar, ineinander übergehen, mit der Straße verschmelzen, zu einer Einheit werden.

Es ist, als fahre sie aus einem purpurorangefarbenen Tunnel, aus einer ockerfarbenen Höhle, weich und warm. Der staubige Asphalt scheint hell und farblos in diesen herrlich reichen Herbsttönungen, verschwindet vor Sabine zwischen den Blättern in der nächsten dunklen Laubhöhle. Sie glaubt, davon angezogen zu werden, als werde der Wagen unabhängig von ihrem Bemühen dorthin gelenkt, als fahre nicht sie, als sei es ein züngelnder, wissender, gewaltiger Wille, der sie aus einem Blätterleib in die andere, nächste Geborgenheit zwinge, als sei die Straße mit ihren warmen, leuchtend dunklen Farben mit Bäumen nur gesäumt, um Sabine daran zu hindern, hinaus in die freie Bläue des Himmels zu fallen.

Sie schaut zurück, sieht die Höhle hinter sich, einen langen, vertrauten Weg, eine gute gelbrotbraune Röhre, aus der sie herausschießt, die sie hinaussendet in die strahlende Helle des Firmaments.

Plötzlich starrt sie ein Gesicht an. Es ist wie eine Maske, die zwischen den Zweigen lauert, vorgestoßen und zurückgehalten wird.

Stephan, ruft Sabine und will aus dem fahrenden Wagen springen.

Aber ihre Beine bleiben unter dem Lenkrad verkeilt, sie kann sich nicht befreien, fällt jedoch auch nicht zurück. Der Wagen fährt weiter als lenkten ihn unsichtbare Gleise und Kraftströme, während Sabine weit hinausgelehnt in einer Art Schwebezustand mitgerissen wird.

Stephan, ruft sie wieder, und das Gesicht ist auf einmal überall. Die Form der Blätter wechselt, wird zu Teilen des Gesichts.

Stephan, schreit sie und sieht plötzlich eine dunkle Öffnung vor sich, ein rotes Loch, das ihr bestimmt ist, das aber zurückweicht, ständig gleich weit entfernt scheint, während sie darauf zujagt und die Bäume wie ein Gatter, ein überhoher Zaun, ein lebendes Gitter an ihr vorüberhuschen.

Da wechseln die Farben, alles ist rot, rot sind die Blätter wie Blut, das zinnober und heiß aus einem roten Leib quillt, rot wie karmin. Die Höhle kommt näher, ist purpur, kirsch und reifer Burgunder, eine taubenetzte, dunkelleuchtende Blume, sich öffnend, verschlingend, lebenspendend.

Sabine schließt die Augen halb, blinzelt, da beginnen die Farben zu leben und sich zu bewegen. Da gleiten Zinnober, Karmin und Siena, Umbra, Nuß und Ocker, Gold, schillerndes Zitron, funkelndes Rubin ineinander, werden fleischwarm, hautfarben, verformen sich, kriechen aufeinander zu, bis keine Blätter mehr an den Bäumen hängen, sondern frische, seidige Babies auf den Bäumen sitzen.

Sabine muß lachen, da flattern alle Kinder von den Bäumen wie welkes Laub und, der Wind wirbelt sie hoch in den Azurhimmel, sie verschwinden im Blau.

Die Oma steigt mühsam die Stufen hinauf, betritt die

Wohnung. Die Bretter knarren ein wenig, es riecht nach Mörtel und Farbe, nach Leim und Gummi.
Stephan steht mitten im sonnigsten Zimmer, seine Haare sind verklebt, die weiße Latzhose ist bespritzt und verschmiert, sein nackter Oberkörper leuchtet verschwitzt, samtig. Die alte Frau mustert ihn kurz, faßt zögernd nach seiner ausgestreckten Hand. Es ist sehr warm hier, sagt sie statt einer Begrüßung. Das ist die Heizung, erklärt Stephan stolz, wischt sich die Haare aus der Stirn, auf seiner Haut schimmert Farbe. Wir haben gespart, aber nicht bei der Heizung.
Die fahle Wintersonne fällt herein, malt helle Kringel an die gegenüberliegende Wand, stürzt sich ins frische Weiß. Sabine schleppt Eimer mit überschwappendem Wasser, singt dabei. Jutkas Mund ist zusammengepreßt, zwischen ihren Lippen stecken Nägel. Ich hab Kaffee mitgebracht, sagt die Oma. Ihr Gesicht erscheint Sabine zerknitterter, kleiner als sie es in Erinnerung hat. Die Fülle der Haare ist verschwunden, der Knoten liegt straff gebunden an ihrem Hinterkopf. Mit offenen Haaren gefällst du mir besser, sagt Sabine und kostet den Kuchen. Die Oma sieht sie an, lächelt: Siehst du mich jetzt als Modell oder als Großmutter? Dann wendet sie sich an Stephan: Mein Name ist Ferner. Rosa Ferner. Bleib sitzen, Sabine hat mir von dir erzählt. Stephan sinkt wieder zusammen, spürt den Blick der alten Frau, fühlt sich betrachtet, gemustert, geprüft.
Als Sabine und Jutka aufstehen, um etwas zu holen oder zu erledigen, so genau hat er das nicht verstanden, beugt sich die Oma vor, flüstert ihm zu: Sie hat

sich verändert, sie hat sich sehr verändert. Merkst du das nicht? Sie nimmt ab, ihr Gesicht wird anders und ihr Wesen ist so unausgeglichen, ich mach mir Sorgen.
Aber sie fühlt sich wohl, versucht Stephan sie zu beruhigen, sie sagt, sie fühle sich wohl.
Ja, vor der Staffelei vielleicht, erwidert die Oma und erhebt sich langsam. Beim Malen vermutlich schon. Aber als Mensch geht sie langsam zugrunde. Ich spüre das. Es bleibt nichts von ihr übrig.
Sie sagt es, als sei es eine feststehende Tatsache, ihr Ton läßt keinen Zweifel aufkommen, als wisse sie etwas Unabänderliches, dem sie sich zu beugen hat, das sie herannahen sieht, ohne es ändern zu können.

Der erste Schnee fällt. Die großen Flocken tanzen über den Himmel, berühren sachte die Fensterscheiben, lassen sich auf den Simsen und in den Rinnen nieder, hüllen die Welt ein. Alles verschwimmt im Grau, nur die Dächer leuchten immer heller und heller, strahlen schließlich weiß und unberührt.

Jutka steht nackt vor Sabine, versucht Schritte, bewegt ihre Arme, lehnt sich gegen den Kasten. Bleib so, bleib so, versuch, so zu bleiben, ruft Sabine und verschwindet hinter der Staffelei.
Schnell entstehen die langen sehnigen Arme, der eine gegen das Möbelstück gepreßt, der andere hängt locker an der Hüfte herab, der Kopf liegt schräg auf der erhobenen Achsel, Jutkas Augen sind fast geschlossen. Sie sieht die schwarzen Beine der Staffelei, das große

eingespannte Blatt, daneben lugt Sabine vor, ihr Gesicht verschwindet immer wieder, ruckartig schnellt es neben dem Papier hin und her, vor und zurück. Du hast zugenommen, sagt Sabine. Deine Hüften sind nicht mehr so knochig und deine Brüste werfen Schatten.

Es riecht nach Bäckerei. Sabine sitzt über einem Chemiebuch, versenkt sich in die Farbenlehre. Jutka holt die fertigen Kekse aus dem Rohr, memoriert dabei Prüfungsstoff. Alle Türen stehen weit offen, die Wohnung hat den Geruch des Neuen verloren.
Stephan kommt von der Arbeit heim. Er ist müde, sein Kopf dröhnt. Während er in der Küche Wasser aufstellt, die Teekanne herrichtet, aus dem Obstkorb eine Mandarine nimmt, den Duft gierig einsaugt, der süß aus der geplatzten Schale dringt, spürt er, wie wohl er sich fühlt, wie vertraut ihm die hohen Zimmer, der Blick in die Eingangshalle mit dem gewaltigen Eßtisch und der Wendeltreppe geworden ist. Er setzt sich, sieht Jutka beim Sortieren der Kekse zu, sagt plötzlich:
Wir wollen hier Weihnachten feiern.
Niemand reagiert.
Ich sagte, wir wollen hier Weihnachten feiern.
Jutka schreckt hoch, läßt das Backblech fallen.
Hallo, sagt Stephan. Hast du was dagegen, wenn wir Weihnachten hier feiern?
Nein, weshalb sollte ich.
Sabine und ich, wir würden gern Freunde einladen.
Fein, kann ich auch welche mitbringen?
Natürlich... wir wollen einen großen Christbaum und

da, an dem Tisch, können fünfzehn Leute bequem essen.
Wie wollt ihr Weihnachten feiern?
Wie bist du es denn gewohnt?
Voriges Jahr war ich im Heim. Da gab es Lebkuchen, Kerzen, Kekse und Obst. Wir sangen, später tanzten wir. Es war nicht feierlich, einfach nur gemütlich, zumindest für mich. Es gab welche, die fanden es eher traurig.
Du glaubst nicht an Weihnachten?
Nein.
Weshalb willst du dann Weihnachten feiern?
Ich möchte mit euch sein, sehen, wie ihr es erlebt, was ihr dafür tut und warum ihr es tut.
Wir werden alle einladen. Es wird eine Krippe geben, einen Baum mit Kerzen und deine Kekse. Wir lesen das Evangelium und versuchen, sehr lieb zueinander zu sein. Du wirst sehen, Weihnachten kann die Menschen verzaubern, sie probieren dann wirklich, gut zu sein, wenn auch nur für kurze Zeit.
Und bei manchen wirkt diese Zeit so kurz, daß niemand davon etwas merkt, erwidert Jutka und schiebt das voll belegte Blech ins Rohr.
Stephan stibitzt ein Keks, beißt ab, schiebt Jutka die andere Hälfte in den Mund.
Ich rede gern mit dir, sagt er und läßt seine Finger auf ihren Lippen liegen. Jutka drückt sie gegen seine Hand wie zu einem Kuß.

***

22. November

Manchmal treffe ich Jutka zwischen zwei Vorlesungen, beim Anmelden für Prüfungstermine oder in der Mensa beim unvermeidlichen Kaffee.
Sie ist voller geworden, ihre Bewegungen sind nicht mehr so ruhig, sie spricht schneller, hastiger, lebhafter. Zuerst glaubte ich, es wäre die Prüfungsnervosität, die hier langsam alle befällt. Aber es ist nichts Vorübergehendes. Sie hat es sich angeeignet, allerdings nicht wissentlich. Als ich sie einmal deswegen ansprach, schien sie im ersten Augenblick zutiefst beunruhigt zu sein – einen Moment lang erinnerte sie mich an Sabine –, dann wischte sie die Angelegenheit mit einem Lachen weg.
Sie macht keine Pläne mehr wie früher. Sie läßt sich treiben, erwartet die Prüfungen vollkommen gelassen, sieht sie nicht als Sprungbrett in ein neues Leben. Sie schaut nicht weiter, träumt von keinem interessanten Auslandsjob. Dabei sind ihre Noten ja überdurchschnittlich, manche Professoren versuchen schon, sie auf bestimmte Stellen hinzuweisen. Jutka läßt das völlig unberührt. Das macht sie ein wenig einsam. Die anderen rundherum, die sich abmühen und plagen, um gute Ergebnisse zu erzielen, und die die wachsende Konkurrenz spüren, unter der großen Auswahl leiden, die den Firmen zur Verfügung steht, betrachten Jutkas Haltung als Hochmut, unangebrachten Stolz, ziehen sich von ihr zurück.
Jutka merkt es gar nicht, sie scheint von etwas

Wichtigem geradezu besessen zu sein. Ein Teil ihrer Persönlichkeit, ein sehr kleiner Teil, hört hier aufmerksam mit, erledigt die Arbeiten für die Universität. Aber der andere, große Teil ist unfaßbar und unerklärlich.

Manchmal glaube ich sogar, sie ist auf dem besten Weg, schizophren zu werden. Ich kann sie nicht fragen, weil sie mir ja doch keine Antwort gibt. Sie wird von irgendeinem Problem aufgefressen, das nur ihr bekannt zu sein scheint, das nichts mit unserem gemeinsamen Leben zu tun hat, das nur sie zu haben scheint, das nur zu ihr paßt und auf sie zugeschnitten ist. Niemand darf ihr helfen.

***

Sabine und Jutka liegen nebeneinander auf dem Boden, blättern gemeinsam in einem Buch. Stephan kommt herein, will offensichtlich etwas fragen, stockt aber, als er die beiden sieht. Im ersten Augenblick ist er verwirrt, muß noch einmal hinsehen, lacht dann über seinen Irrtum.

Ihr seht euch ähnlich, wißt ihr das?

Beide fahren hoch, schauen ihn an.

Wenn man euch so sieht, auf dem Bauch, bloß Beine, Hintern und Rücken, weiß man fast nicht, was wem gehört.

Das soll wohl ein Witz sein, sagt Sabine.

Jutka wird weiß, als erinnere sie sich an etwas, als tauche etwas längst Vergessenes auf.

Aber nein, Stephan merkt die Bestürzung über die angebliche Körpergleichheit nicht. Du, Sabine, hast eben abgenommen, und Jutka hat deine Kilos übernommen. Ihr habt fast die gleichen Linien, nur die Gesichter sind verschieden.
Sabine springt auf, läuft ins Nebenzimmer, stellt sich vor den Wandspiegel, mustert sich. Jutka folgt ihr langsam, bleibt hinter ihr stehen.
Zieh dich aus, sagt sie und öffnet ihre Bluse. Sabine schlüpft aus ihren Kleidern, nackt treten sie ihren Spiegelbildern entgegen.
Es stimmt, Sabine ist aufgeregt.
Jutka starrt in den Spiegel, fährt zögernd mit dem Finger über den Schenkel, folgt der Rundung ihres Gesäßes, streichelt über den festen Bauch, die matt schimmernde Haut über dem Nabel, ihren Busen, die Schultern, die nicht mehr eckig vorstehen.
Ich sehe tatsächlich wie eine Frau aus, sagt sie und bemerkt, daß Sabine begonnen hat, sie zu zeichnen, alle ihre Aufmerksamkeit ihrem Körper zuwendet, kein Interesse für sich selber hat.
Stephan steht in der Tür, beobachtet sie, kommt näher, bleibt zwischen den nackten Körpern stehen.
Wie hast du früher ausgesehen?
Wie eine knochige Giraffe.
Und mochtest du dich?
Ja... doch.
Und magst du dich so?
Ja, ja, ich mag mich. Jutka lacht.
Sie lacht noch immer, nur ihre Augen brennen wie zwei

dunkle Feuer in ihrem fröhlichen Gesicht. Sie läuft auf
Stephan zu, umarmt ihn. Er hält sie, drückt sie an sich,
sie bleiben bewegungslos stehen.
Sabines Gesicht ist steinern. Sie zeichnet das Paar.

Stell dir vor, du bist ein Kind im Bauch. Rundherum ist
es naß und dunkel und warm. Du ißt, du träumst, du
schlägst um dich, aber du weißt nicht, wo du bist. Die
Mutter weiß es, sie weiß alles, fast alles von dir. Und du
hast nichts ihrem Wissen entgegenzusetzen. Deine Träume, deine Gedanken, deine Gefühle werden von ihr beeinflußt, sie beherrscht dein Leben vollständig.
Aber das Kind braucht die Mutter.
Diese Allmacht der Mütter...
Du wirst selber einmal eine sein.
Nein.
Du willst keine Kinder?
Nein.
Nie?
Nie.
Das wußte ich nicht.
Jetzt weißt du es.
Wovor hast du eigentlich Angst?
Ich habe keine Angst.
Und warum bist du so wütend?
Ich bin nicht wütend.
Stephan steht auf, sammelt die Skripten zusammen,
will gehen, schaut noch einmal Sabine an. Ihre Wangen
sind naß, unter den geschlossenen Lidern quellen dicke
Tränen hervor.

Warum weinst du? fragt Stephan erschrocken.
Ich... ich träume so entsetzliche Dinge...

***

11. Dezember

Es war kalt, und ich verkroch mich in meinem Mantel, wollte nur so schnell wie möglich in ein geheiztes Zimmer. Plötzlich tippte mich jemand an, ich drehte mich um, lugte über den Kragen und da stand Jutka vor mir. Wir liefen in die Mensa und löffelten heiße Suppe in uns hinein, beide hatten wir rote Wangen und rinnende Nasen.
Sie hat sich sehr verändert.
Manchmal starrte sie mitten im Gespräch vor sich hin, hörte ganz offensichtlich nicht zu, dann wieder redete sie lebhaft, wirbelte ihre Finger durch die Luft, kam ohne Gestik gar nicht aus. Ihr Gesicht ist rund und weich, die dunklen Augenbrauen können es jetzt gar nicht mehr streng erscheinen lassen. Ihre Lippen sind beweglich geworden, sie lächeln, verziehen sich, kräuseln sich, stülpen sich nach vor. Plötzlich kam mir zu Bewußtsein, daß Jutkas Chamäleonblick fehlte. Sie war sehr natürlich, ich hatte nie das Gefühl, einer ihrer Masken gegenüberzusitzen. Sie war anders, voller, ihre Stimme klang dunkler. Aber vielleicht bilde ich mir das nur ein, weil ich sie jetzt nicht mehr jeden Tag sehe und höre. Sie fragte nach Anna und Mary Yen, erzählte von der

traumhaften Lage ihrer Wohnung, erwähnte aber mit keinem Wort ihre Freunde. Schließlich wurde ich zu neugierig, ich konnte mich einfach nicht mehr beherrschen und fragte sie geradeaus nach Sabine und deren Freund.
Zuerst sagte sie gar nichts, dann lächelte sie, und dann – dann lud sie mich zu ihrer Weihnachtsfeier ein. Nichts, kein Wort über Sabine, nur die in fast drängendem Ton gehaltene Einladung, die ich auch Anna und Mary Yen überbringen sollte. Mary Yen wird ganz sicher hingehen. Weihnachten im Heim ist einfach zu schlimm. Anna fährt nach Hause zu ihrer Familie. Ich weiß es noch nicht.

***

Stephan klopft, betritt Jutkas Zimmer, schließt zögernd die Tür.
Was ist? fragt Jutka.
Kannst du mit Sabine reden?
Weshalb?
Sie will mich nicht sprechen, sie will mich nicht sehen, sie hat sich in ihrem Zimmer eingesperrt.
Jutka steht auf, geht zum Fenster. Draußen taut es, von den Regenrinnen tropft es, das stetige Pochen des aufschlagenden Wassers klingt wie der Herzschlag des Hauses. Der Himmel ist grau verhangen, dicht verschleiert. In der gegenüberliegenden Wohnung flammt Licht auf, verwandelt ein Fenster in ein gelbstrahlendes Viereck im Dunkel.

Seit wann?
Ich weiß nicht. Ich bin gerade vom Büro gekommen.
War gestern etwas Besonderes?
Nein.
Habt ihr gestritten?
Nicht daß ich wüßte–
Ich habe sie heute früh gesehen.
Und?
Wir haben uns begrüßt, sie war noch sehr verschlafen und sah blaß aus. Sie hätte eine schlechte Nacht gehabt, sagte sie.
Sie träumt angeblich.
Sie träumt?
Ja.
Was?
Das sagt sie nicht. Warum schaust du so? Jeder Mensch träumt doch, das ist kein Grund, erschrocken zu schauen.
Ich will wissen, was sie träumt.
Reg dich nicht auf. Sie hatte in letzter Zeit einige Alpträume hintereinander.
Und sie hat nichts erzählt?
Nein, nur geweint.
Reicht das nicht?
Irgendetwas fehlt ihr.
Stimmt es zwischen euch?
Ich weiß nicht. Wir hatten doch von Anfang an ein eher unordentliches Verhältnis... warum lachst du?
Ich lache schon nicht mehr.
Glaubst du, es stört sie, daß...

Was?
Nun, wir zwei verstehen uns doch sehr gut.
Du meinst, ob sie eifersüchtig ist?
Ja.
Hat sie Grund?
Ich weiß nicht.
Du weißt es nicht?
Jutka lacht wieder. Plötzlich ändert sich ihr Gesicht, alles darin scheint zu fließen, die Muskeln nehmen andere Haltungen ein, die Züge zittern, gebannt starrt Stephan auf die sich verwandelnden Formen, sieht, wie ihre Lippen beben, voller werden, aufschwellen, ihre Brauen sich wölben, ein verwaschenes Blau in die dunkle Iris dringt, die Nasenspitze sich aufwirft, die Wangen sich runden.
Was ist... stottert er, er muß husten, *seltsam, meine Handflächen sind feucht*, denkt er und wundert sich gleichzeitig, daß er das bemerkt, als passiere da nicht weitaus Wichtigeres, seine Beine tragen ihn automatisch zur Tür, erschrocken will er fliehen.
Aber Jutka steht da. Er sieht, wie ihre Hand den Schlüssel umfaßt, wie ihre Finger ihn umdrehen, ein leises Klicken ertönt.
Sie geht auf ihn zu, ihr langer hochgewachsener Körper kommt immer näher, das fremde Gesicht berührt fast das seine, er nimmt vertraute Züge wahr und weiß doch, daß sie nicht stimmen können, es nicht sein können. Er schaut und weiß, daß er dem Geschauten nicht trauen darf, er versucht, zu verstehen, entsetzt, geschockt und gleichzeitig angezogen, flüstert ungläubig

Sabine...
Draußen wird es dunkel.

Ich mag deinen Körper, sagt Jutka und streichelt vorsichtig über Stephans Rücken.
Ich verstehe das alles nicht, seufzt Stephan und schließt die Augen.
Jutkas Hand wandert weiter, ihre Fingerspitzen tanzen über seine Haut, die zittert und zusammenzuckt.
Entspanne dich, sagt Jutka und tippt zart auf verkrampfte Muskeln. Stephan murmelt Unverständliches.
Bleib ruhig.
Greif mich nicht an, erwidert Stephan und öffnet die Augen wieder.
Stört es dich?
Ich habe das Gefühl, mich aufzulösen. Überall dort, wo du hingreifst, löst sich die Haut ab und die Knochen liegen frei.
Jutka lacht. Es klingt wie leises Glucksen. Ihre Hände fliegen über seinen Körper, scheinen ihn überall zugleich zu streicheln, zu packen, aufzuwecken, verschwinden, bevor er sie festhalten kann. Plötzlich ist sie über ihm, er sieht ihre Umrisse, ihre schwarze aufrechte Silhouette vor dem dunklen Hintergrund. Sie sitzt auf ihm, scheint aus seinen Lenden emporzuwachsen, immer höher, ihr Gesicht entfernt sich, ist auf einmal wieder über ihm. Er spürt ihren Atem, ihre warme Haut, ihre Haare kitzeln ihn. Er greift nach ihr, spürt den weichen Rumpf, die volle Brust, stößt sich in den fremden Körper, der ihm so seltsam vertraut ist, ver-

sucht, mit den Händen das sich verändernde Gesicht zu umfassen, die wechselnden Züge zu begreifen, Unterschiede festzustellen, versinkt im Zweifel und ungläubiger Begierde.
Wer bist du?
Stephan tappt im Dunklen zum Lichtschalter, plötzlich liegt der Raum in schmerzender Helle, seine Augen tränen.
Jutka liegt auf dem Boden, wendet ihm ihr Gesicht zu, ruhig, ausgeglichen, als sei nichts gewesen, als hätte keine Veränderung stattgefunden.
Ich bin Jutka.
Was hast du gemacht?
Nichts.
Dein Gesicht...
Was ist mit meinem Gesicht?
Du hast anders ausgesehen.
Wie?
Wie... Sabine. Du hast ihr zum Verwechseln ähnlich gesehen.
Vergiß es.
Wie kann ich!... Das scheint dich nicht zu wundern, oder?
Nein, ich kann Gesichter gut imitieren.
Das war keine Imitation!
Nein?
Das war Sabines Kopf auf deinem Körper!
Stephan greift mit einer hilflosen Gebärde nach seinem Gewand, beginnt, sich anzuziehen.
Nein, bleib so.

Jutka springt auf, fällt ihm in den Arm, packt die Kleider.
Bist du böse?
Nein.
Wie fühlst du dich?
Verwirrt. Ich verstehe gar nichts mehr.
Würde dir eine halbe Erklärung reichen?
Das, was ich da gesehen habe, kann man nicht erklären. Ich habe dieses Gesicht angegriffen, das war nicht deines, ich kenne doch dieses Gesicht!
Ich kann ihr Gesicht nachmachen, ich kann es überstülpen, wie eine Maske.
Seit wann?
Noch nicht lange.
Mein Gesicht auch?
Nein.
Warum nicht?
Nur Sabines Gesicht.
Weiß sie es?
Ich glaube.
Stephan setzt sich wieder, seine Schultern hängen vor, den Kopf zieht er ein wie ein Tier, das Gefahr wittert. Er schaut Jutka vorsichtig an, verfolgt ihre Bewegungen.
Es ist wie eine Krankheit, sagt sie, und ihre Stimme klingt bekümmert. Ich bin wie eine Säule, der ein Steinmetz eine neue Ummantelung besorgt. Nur bin ich Säule und Steinmetz zugleich. Und Sabine ist die neue Hülle.
Ich verstehe kein Wort.

Ich kann es dir nicht besser erklären. Aber so fängt es eben an.
Was fängt so an?
Du wirst es sehen... ich glaube, du solltest jetzt gehen.
Gib mir mein Gewand.
Du brauchst dich nicht anzuziehen.
Und wenn Sabine...
Sabine wird nichts tun und nichts sagen.
Warum bist du so sicher?
Geh jetzt.

Vor der Wendeltreppe steht die Tanne. Ihre Nadeln duften, weit streckt sie die Äste von sich.
Sabine schmückt den Baum. Ihr Gesicht ist weiß, die Augen liegen in tiefen Höhlen, blaue Schatten umgeben die Lider. Die Nase ragt spitz vor, die blassen Lippen schimmern durchsichtig. Ihr Haar glänzt nicht, stumpf fällt es auf die Schultern, die blonde Fülle wirkt, als sei Asche darübergelegt. Ihre Bewegungen sind langsam und bedächtig, nichts erinnert an die frühere Rastlosigkeit. Der abgemagerte Körper steckt in einer geflickten Jean und einer halb zusammengeknöpften Bluse, die Ärmel sind hochgerollt, sehnige Arme recken sich daraus zu den Zweigen hinauf, eine spitze Brust zeichnet sich unter dem geblümten Stoff ab.
Stephan kommt aus der Küche, stellt Teller auf den Tisch, sieht Sabine betroffen an. Sie merkt es nicht, hängt ein bunt bemaltes Holzpferdchen an einen Ast. Stephan geht hin zu ihr, will seine Arme um ihre Hüften legen, da dreht sie sich um.

Laß das, sagt sie. Ihre Stimme ist leise und ruhig.
Warum?
Ich will nicht.
Kann ich dir helfen?
Wenn du willst.
Er bückt sich nach einer Schachtel voller Christbaumschmuck, löst die einzelnen Sterne voneinander, hebt vorsichtig jedes Stück heraus.
Ich muß mit dir reden, sagt er und vermeidet jeden Blick in das geisterhaft blasse Gesicht über ihm.
Ja?
Wir haben schon tagelang nicht mehr miteinander gesprochen.
Hm.
Bitte, Sabine, was ist los?
Was soll los sein?
Schau dich in den Spiegel. Warum läßt du dir nicht helfen? Du siehst krank aus, in der Nacht höre ich dich herumgehen, du scheinst nicht schlafen zu können, und tagsüber sitzt du unansprechbar und stumm in einem Eck. Du gehst nicht mehr in die Akademie, du malst nicht mehr, du ignorierst die Staffelei, du ißt fast nichts, du sprichst kein Wort, weder mit Jutka noch mit mir...
Ich habe Angst vorm Einschlafen.
Aber warum denn?
Ich träume noch immer.
...Dürfte ich ...glaubst du, es hilft dir, wenn ich bei dir bin, wenn du nicht alleine schläfst?
Nein.

Willst du zu einem Arzt?
Nein.
Sind diese Träume so schrecklich?
Sie sind entsetzlich.
Sabines Stimme ist noch leiser geworden, sie flüstert, ihre Kehle ist trocken und ihre Worte klingen hart und rauh. Ihre Augen sind weit aufgerissen, als sehe sie etwas Monströses, Furchtbares.
Willst du mir nicht sagen, was du träumst?
Nein.
Träumst du von Menschen oder von Dingen?
Hör auf zu fragen.
Aber ich will dir helfen.
Über Sabines Wangen laufen Tränen.
Du kannst mir nicht helfen.
Und Jutka?
Sabines Kopf ruckt hoch, sie streckt ihre Arme aus, als wolle sie etwas abwehren, als ängstige sie sich zu Tode, und plötzlich umarmt sie Stephan, hält ihn fest, drückt ihn an sich so fest sie kann, preßt ihr Gesicht an seine Schulter. Es ist sehr ruhig. Stephan hört nur das unregelmäßige Atmen, das Knarren der Bretter unter ihren Füßen. Er riecht den Baum, Kerzen und das Haar Sabines, das nach nassen Kräutern duftet.
Schließlich beginnt sie wieder zu sprechen, sie schneuzt sich, löst sich von Stephan, greift nach den Strohsternen, wendet sich dem Baum zu. Ihre Stimme wird wieder ruhiger, als habe das, was sie sagt, keinen Einfluß auf sie, als gebe es keine Verbindung zwischen ihr und dem Gesagten, als betreffe es eine Fremde. Auch ihr

Gesicht verschließt sich wieder, wird vollkommen still, als sei es mit Wachs übergossen.
Ich werde weggehen. Du darfst aber keine Fragen stellen... Es hat nichts mit dir zu tun. Das ist eine Angelegenheit, die nur Jutka und mich betrifft... Ihr habt miteinander geschlafen, nicht wahr? Zerbrich dir deswegen nicht den Kopf. Ihr paßt gut zueinander... Sprich nicht über mich mit Jutka. Ich glaube, das ist ihr unangenehm... unser Verhältnis hat sich vollkommen geändert... ich habe Angst, ich habe schreckliche Angst vor ihr... Deswegen gehe ich weg.
Aber sie liebt dich. Und du weißt das. Sie sagt, du seist der einzige Mensch, zu dem sie sich unendlich hingezogen fühle, und ohne dich möchte sie nicht leben.
Das spüre ich.
Was soll das heißen?
Frag nicht.
Manchmal schreist du in der Nacht.
Ja... aber ich kann nicht aufwachen. Ich möchte und ich kann nicht.
Soll ich dich wecken, wenn du schreist?
Es hat keinen Sinn, es hat einfach keinen Sinn mehr.
Warum soll ich Jutka nichts sagen?
Es bedrückt sie, ich spüre, daß es sie bedrückt.
Versprich mir, daß du nach Weihnachten zum Arzt gehst.
Es ist zu spät.
Was ist zu spät?

Ich habe das Gefühl, mich aufzulösen, ich verliere mich.
Du bist krank.
Vielleicht.
Versuche, wieder zu zeichnen.
Ich will nicht mehr.
Sie nimmt die Kerzen, klemmt sie in schmale, silberne Halter, verteilt sie auf den Ästen. Einmal wendet sie den Kopf, schaut hinunter auf Stephan, der mitten im Zimmer steht, verloren an der Schürze zieht, die er achtlos umgebunden hat, sie verwirrt beobachtet. Sie lächelt, ihre Lippen ziehen sich langsam auseinander. Heute abend feiern wir Weihnachten, sagt sie, und einen Moment lang glaubt Stephan in ihren Augen strahlenden Schimmer zu sehen.

***

26. Dezember

Es war kalt, Möwen kreisten über dem Bahnhof, nur wenige Leute warteten, vertraten sich ungeduldig die Beine, niemand redete. Ich stand mit Mary Yen nach einem ausgedehnten Spaziergang in der Station, unsere Haut brannte, unsere Nasen leuchteten rot. Wir hatten über Weihnachten gesprochen, Mary Yens heller Singsang hatte mich an Glocken erinnert.
Dieses Jahr war es anders.
Dabei hatte alles so schön begonnen. In der Wohnung roch es nach Braten und Backwerk, in der Eingangs-

halle stand ein traumhaft geschmückter Baum. Acht Gäste und die drei Bewohner bildeten eine nette Runde, wir genossen die Atmosphäre.
Als ich Sabine begrüßte, erschrak ich. Sie muß meine Reaktion bemerkt haben, lächelte kurz, zuckte mit den Schultern. Sie sieht aus wie ein schwerkranker Mensch, hager, abgemagert, wirkt unendlich entfernt von allem, als ginge sie die Welt nichts mehr an, als hätte sie keine Verbindung, als hätte ihre Umgebung nichts mehr zu bieten. Von ihr geht stoische Ruhe aus, die andere aufwühlt.
Jutka saß ihr gegenüber, die ganze Zeit starrte sie ihre Freundin an, konnte den Blick nicht von ihr wenden. Nur wenn Sabine aufschaute, drehte sie den Kopf weg, als wollte sie nicht von ihr überrascht werden. Stephan wich nicht von Jutkas Seite. Er sah bekümmert aus, als quälte ihn etwas.
Wir alle feierten Weihnachten, fühlten uns weihnachtlich. Nur unsere Gastgeber saßen abgeschirmt, wie hinter Glas, hatten keinen Anteil an unserer Freude.
Kurz nach Mitternacht stand Sabine auf, verabschiedete sich von uns, auch von ihrer Großmutter, die mitten unter uns saß, skurrile Geschichten aus ihrer Jugend erzählte, uns immer wieder zu brüllendem Lachen hinriß. Sabines Gesicht war leichenhaft blaß, sie schwankte ein wenig, als sie auf ihre Zimmertür zuging, Zittern lief über ihre Gestalt. Ihre Großmutter sah nachdenklich zu Boden, schaute nicht hin, wie sie hinter der Tür verschwand, wollte etwas sa-

gen, ließ es dann in einem tiefen Aufseufzen bleiben und brach kurz danach auf.

Wenig später gingen auch wir. Wir standen schon im Vorhaus, als plötzlich ein Schreien erklang. Es kam aus Sabines Zimmer und war so voller Angst und Schrecken, daß wir erstarrten, nicht einmal zu atmen wagten. Stephan versuchte, uns so schnell wie möglich loszuwerden, aber bevor er die Tür schließen konnte, sah ich noch einmal Jutkas Gesicht. Sie hatte die Augen zugepreßt, die Lippen leicht geöffnet, wirkte konzentriert, als hörte sie eine innere Stimme, etwas, das wir nicht wahrnehmen konnten.

***

Hörst du sie nicht schreien?

Stephan steht vor Jutkas Bett, schaut hinunter auf die ausgestreckte Gestalt, das nach innen gekehrte Gesicht.

Ich kann nicht mehr, ich ertrage das nicht länger.

Stephan setzt sich auf den Boden, in der Hand hält er eine Flasche, setzt sie an, trinkt gierig. Jutka wendet sich ihm zu, greift nach ihm.

Es ist vorbei, bald ist es vorbei.

Wir hätten sie zum Arzt bringen sollen.

Es hätte nichts geholfen.

Das Schreien wird leiser, verstummt schließlich. Von draußen hört man dumpf die ersten Böller und das Knallen von Feuerwerkskörpern.

Jutka setzt sich auf, schlägt die Decke zurück. Sie ist nackt, ihre Haut schimmert im fahlen Dämmerlicht, das durchs Fenster fällt, immer wieder erhellt wird, wenn eine Rakete blitzartig explodiert.
Liebst du mich? fragt Jutka.
Ja, sagt Stephan und trinkt.
Liebst du Sabine?
Ja.
Dann ist alles gut.
Stephan setzt verwundert die Flasche ab. Was soll ich tun? fragt er.
Nichts. Warten.
Worauf?
Das wirst du sehen.
Jutkas Stimme ist ruhig, gefaßt, als wisse sie genau, wie die Nacht zu Ende gehen werde, als gebe es keine Angst mehr um die kranke, resignierende Freundin.
Das ist kein Sterben, das ist Eingehen, sagt Stephan und erschrickt vor dem Klang seiner Stimme.
Wie eine verwelkende Pflanze, die sich beharrlich weigert, Wasser aufzunehmen, so erscheint sie mir.
Er trinkt wieder, seine Hände zittern. Jutka sitzt gedankenverloren auf dem Bett, aber ihr Körper ist angespannt, als warte er auf etwas Bestimmtes. Stephan, der langsam den Alkohol spürt, fühlt schließlich etwas von dieser verkrampften Haltung, berührt Jutka, versucht, sie zu streicheln, aber sie reagiert nicht auf seine Liebkosungen, keine Reaktion erfolgt.
Stephan steht schwankend auf, stellt die halbleere Flasche nieder, öffnet den Mund, will etwas sagen, da hört

er plötzlich ein Geräusch, Bretter knarren, Schritte nähern sich, die Tür wird aufgestoßen.

Durch Jutkas angespannte Gestalt läuft ein Zittern, ihre Augen starren wie gebannt auf Sabine, die nackt, schmal und zerbrechlich im Zimmer steht. Sie geht vorsichtig, setzt im Zeitlupentempo einen Fuß vor den anderen, zögert dazwischen, es ist, als wolle sie weit weg laufen, sich umdrehen und fliehen, als zwinge sie ein fremder Wille statt dessen weiter in den Raum, hin zum Bett und der wartenden Jutka zu gehen. Sabines Augen sind geschlossen, wie eine Schlafwandlerin gleitet sie an Stephan vorbei, der erstarrt die beiden beobachtet, zurückweicht, sich an die Wand drückt, erkennt, daß die Frauen nicht wach sind, daß auch Jutka in hypnotischen Zustand verfallen ist, daß etwas geschieht, das niemand beeinflussen kann, daß etwas Fremdes, Unerklärliches die beiden aufeinander zutreibt.

Über Jutkas Haut läuft ein Beben, es ist, als ob die Umrisse ihres Körpers verschwimmen, eine Wellenbewegung ergreift ihre Gestalt, sie windet sich wie eine sich häutende Schlange. Ihre Augen sind noch immer weit aufgerissen, starren in Sabines verschlossenes Gesicht. Und dann–

Stephan führt seine Hand zum Mund, preßt sie darauf, um entsetztes Schreien zu ersticken.

Er sieht, wie sich die Poren Jutkas öffnen, ihre Haut scheint sich aufzulösen, abzufallen, immer größer werden die Lücken, das rote Fleisch liegt bloß. Der helle Dunst erfaßt nun Sabine, die vor dem Bett stehenbleibt, langsam, ganz langsam sich niederbeugt, ihre

Hände zu beiden Seiten Jutkas aufstützt, ihre Beine hinauf, auf das Leintuch stellt, wie ein Tier auf allen Vieren über Jutkas Körper hockt. Die Hände nähern sich, dann krallen sich die Finger ineinander, sie kämpfen fast lautlos, nur schweres Atmen und Gekeuche dringt zu Stephan.
Plötzlich schreit Jutka. Sie schreit wie ein zu Tode getroffenes Wesen, sie schreit, und der Schrei läßt Stephan erschauern, treibt Tränen in seine Augen. Er sieht, wie die Hände einander zerfleischen, in die Körper eindringen, Sabines Haut in Fetzen davonfliegt, die Knochen blitzen, Sabine wirft sich auf Jutka, stößt sich in sie hinein, ein häßliches Scharren ertönt, noch immer dampfen die offenen Wunden.
Stephan kann die Körper nicht mehr unterscheiden, das Fleisch verschmilzt, saugt sich gegenseitig auf, es ist, als verschwinde auf einmal Sabines hageres Skelett. Jutkas Körper ist noch in Bewegung, noch immer windet sie sich wie in Qualen. Das rote, offene Muskelgewebe verschwindet, Stephan sieht, wie eine helle junge Hautschicht langsam darüberkriecht, abdeckt, zudeckt.
Lange, lange nachdem Ruhe eingetreten ist, wagt er sich zum Bett. Jutka schläft, friedlich zusammengerollt, ihr Gesicht ist entspannt, um ihren Mund liegt ein kleines, sattes Lächeln.

Die Oma klingelt, hört Schritte, die Tür öffnet sich. Wie gut du aussiehst, sagt sie erleichtert und küßt das Gesicht.

Ich habe mir solche Sorgen um dich gemacht.
Aber komm doch herein, leg ab, fühl dich wie zu Hause.
Die Oma zuckt zusammen, schaut die junge Frau prüfend an, schüttelt schließlich den Kopf.
Ich sehe schon Gespenster, murmelt sie und betritt die Wohnung.
Stephan taucht auf, berührt sanft ihre Wange mit seinen Lippen, schaut dabei auf das Gesicht hinter der alten Frau. Es ist weich und offen, helles Haar umrahmt es wie gesponnenes Gold.
Sabine wird uns Kaffee machen, sagt er und beobachtet lächelnd das Gesicht. Einen Moment lang schimmert das Haar plötzlich dunkel, verbreitern sich die Augenbrauen, verlieren die Wangen an Rundung, wirkt der Mund schmäler. Als sich die Oma umdreht, um den Grund für Stephans Lächeln zu erfahren, ist das Gesicht wieder verändert, Sabines Haltung prägt den Körper.
Du hast dich so schnell erholt, sagt die Oma, es ist kaum zu glauben... Wo ist eigentlich Jutka?
Sie ist nicht hier, antwortet Stephan hastig und verschwindet in der Küche.
Es geht dir also wieder gut? fragt die Oma.
Sabine nickt.
Malst du wieder?
Ja.
Was hast du eigentlich gehabt?
Ich weiß es nicht.
Du bewegst dich ein bißchen anders.

Tatsächlich?
Ja, beherrschter... deine Stimme ist auch verändert, dunkler, glaube ich...
Das kann sein.
Ich meine fast, ich erkenn dich nicht wieder.

Küß mich, sagt Stephan und hält ihren Kopf fest.
Wer soll dich küssen?
Jutka.
Das Gesicht beugt sich vor, küßt Stephan. Er spürt die vertrauten Lippen, riecht den spezifischen Duft, läßt sich von den starken dunklen Haaren kitzeln.
Jetzt Sabine, verlangt er, seine Wangen glühen.
Das Gesicht zerfließt, verformt sich, baut sich neu zusammen, küßt ihn. Er spürt andere Lippen, nicht weniger vertraut, riecht einen anderen, ganz bestimmten Duft, das Haar ist lang, weich und blond.
Schade, daß sich dein Körper fast nicht verändern kann, sagt er.
Das würde zuviel Energie kosten, antwortet eine Stimme, und Stephan weiß einen Augenblick lang nicht, ob jetzt Sabine oder Jutka gesprochen hat.

***

3. Februar

Heut bin ich wieder Jutka begegnet. Ich glaube zumindest, daß es Jutka war.
Ich sah sie vor der Universität, sie hatte gerade

ihre letzte Prüfung abgelegt, war umringt von Kollegen, hübsch und selbstsicher. Als sie mich entdeckte, winkte sie mir. Sie sah sehr glücklich aus. Wir gingen in ein Café und sie erzählte mir von Stephan, von seinen Plänen, von einer gemeinsamen Zukunft. Als ich sie erstaunt nach Sabine fragte, erklärte sie kurz angebunden, daß Sabine den Haushalt verlassen hätte, keinen Kontakt mehr mit ihnen pflegte.
Ich war verwirrt und unsicher. Vielleicht ging ich ihr deshalb nach, als wir das Café verließen. Sie merkte es nicht, ich bildete mir das wenigstens ein. Sie sprang in eine Straßenbahn und fuhr in Richtung Oper. Und während ich sie beobachtete, sorgsam mich versteckt hielt hinter den breiten Schultern eines alten Mannes, der den Gang blockierte, sah ich, wie ihr Körper zusammenfiel, wie sie die straffe Haltung verlor, sich plötzlich lässig gegen eine Fensterscheibe lehnte, ihr Haar von einem Augenblick zum anderen die dunkle satte Farbe verlor, goldblond zu schimmern begann. Der Wandel vollzog sich innerhalb von Sekunden, es ging so schnell, und ich begriff überhaupt nichts.
Als sie ausstieg, stolperte ich ihr nach, sah, wie sie auf die Akademie zuging, alles an ihr hatte sich verändert. Es war Sabine, der ich da folgte.
Knapp vor dem Portal drehte sie sich um. Ich hatte keine Zeit mehr, wegzulaufen, mich zu verstecken. Sie sah mich, ihre Augen bohrten sich geradezu in mein Gesicht, einen Moment lang wußte ich nicht, ob

es jetzt Jutkas oder Sabines Augen waren. Dann hörte ich Sabines Stimme.

Wie nett, dich zu treffen. Wie geht es dir?

Ich konnte nichts antworten, ich räusperte mich nur und war von lähmendem Entsetzen befallen.

Die Stimme klang sehr lieb, sehr einschmeichelnd, ich höre sie jetzt noch, immerzu, was ich auch tue, immer höre ich sie sagen

Willst du mich nicht einmal besuchen?

Und ich sehe Jutkas Augen… Jutkas Augen über Sabines Stimme.

Ich habe Angst.

***

Beatrix Maria KRAMLOVSKY wurde 1954 in Steyr, Oberösterreich, geboren. Sie studierte Anglistik und Romanistik, heiratete und bekam zwei Kinder. Nach einem längeren, beruflich bedingten Auslandsaufenthalt (DDR) kehrt sie 1991 nach Österreich zurück. Ihre literarischen Arbeiten wurden in Literaturzeitschriften, Tageszeitungen und im Rundfunk veröffentlicht. Im Wiener Frauenverlag findet sich ein Text von ihr im literarischen Almanach „...sah aus, als wüßte sie die Welt...", hrsg. v. Barbara Neuwirth, 1990.

DAS CHAMÄLEON ist ihre erste literarische Einzelpublikation.

Die Malerei hat Beatrix Kramlovsky als Zweitberuf gewählt. Seit 1984 stellt sie ihre bildnerischen Arbeiten in Österreich, den Niederlanden, in der BRD und der DDR aus.

VERLAGSPROGRAMM / lieferbare Titel

ALLGEMEINE LITERARISCHE REIHE

Barbara Neuwirth (Hrsg.): „...**sah aus, als wüßte sie die Welt...**" Ein literarischer Almanach mit 180 Porträtfotos von Autorinnen des Verlages
104 Seiten, öS 68/DM 10.–
ISBN 3-900300-37-9

Barbara Büchner: **Zwischenfall im Magic Land**. Phantastische Erzählungen. Mit Zeichnungen von Barbara Büchner
165 Seiten, öS 168.–/DM 24.–
ISBN 3-900399-40-9

Hélène Cixous: **Das Buch von Promethea**. Roman. Aus dem Französischen von Karin Rick, mit Zeichnungen von Margarethe Herzele
260 Seiten, öS 268.–/DM 39.–
ISBN 3-900399-39-4

Evelyn Crill: **Rahmenhandlungen**. Erzählung
135 Seiten, öS 138.–/DM 19.–
ISBN 3-900399-11-5

Elfriede Haslehner-Götz: **Notwehr**. Geschichten und Satiren
176 Seiten, öS 136.–/DM 18.–
ISBN 3-900399-97-7

Heidi Heide: **Liebe ist die Grundlage von allem**. Gedichte, Aphorismen, Fundstücke
92 Seiten, zahlr. Abb., öS 129.–/DM 24.–
ISBN 3-900399-08-5

Margarethe Herzele: **O Glanz des w(m)ilden Mondes**. Erzählungen. Mit Zeichnungen von Margarethe Herzele
120 Seiten, öS 168.–/DM 24.–
ISBN 3-900399-35-2

Karin Ivancsics: **Frühstücke**. Essensgeschichten. Mit Collagen von Karin Ivancsics
152 Seiten, öS 168.–/DM 24.–
ISBN 3-900399-32-8

Karin Ivancsics (Hrsg.): **Der Riß im Himmel**. Science Fiction europäischer und amerikanischer Autorinnen. Übersetzt von Peter Hiess, mit Zeichnungen von Dagmar Rieger
260 Seiten, öS 240.–/DM 34.–
ISBN 3-900399-33-6

Karin Ivancsics (Hrsg): **Schräg eingespiegelt**. Texte und Bildmaterial von jungen Autorinnen und Künstlerinnen aus den verschiedensten Bereich
175 Seiten, zahlr. Farb- und S-W-Abbildungen öS 240.–/DM 34.–
ISBN 3-900399-18-2

Eva Laber (Hrsg.): **Häm' und Tücke**. Skurriles, Heiteres und Bösartiges von Frauen. Mit Zeichnungen von Angie Mörth
192 Seiten, öS 198.–/DM 28.–
ISBN 3-900399-28-X

Hilde Langthaler: **Nur keine Tochter**. Ein Stück
76 Seiten, öS 54.–/DM 8,80
ISBN 3-900399-04-2

Dorothea Macheiner: **Das Jahr der weisen Affen**. Roman. Mit Zeichnungen von Christine Gutgsell
192 Seiten, öS 148.–/DM 21.–
ISBN 3-900399-23-9

Birgit Meinhard-Schiebel: **Laufen ohne stehenbleiben**. Bericht eines An-Kindes-statt-Kindes
118 Seiten, öS 138.–/DM 19.–
ISBN 3-900399-13-1

Meta Merz: **Erotik der Distanz**. Pro-

sa. Mit Illustrationen von Karin Ivancsics und einem Nachwort von Anton Thuswaldner
170 Seiten, öS 198.–/DM 29.–
ISBN 3-900399-47-6

Barbara Neuwirth (Hrsg.): **Blaß sei mein Gesicht**. Vampirgeschichten. Mit Computergraphiken von Isabel Sandner
204 Seiten, öS 168.–/DM 24.–
ISBN 3-900399-24-7

Johanna Rachinger (Hrsg.): **Orpheus würgt daran**. Geschichten von Frauen
150 Seiten, öS 148.–/DM 21.–
ISBN 3-900399-21-2

Sylvia Treudl: **Sporenstiefel halbgar**. Liebesgeschichten. Mit Illustrationen von Karin Ivancsics
192 Seiten, öS 198.–/DM 29.–
ISBN 3-900399-46-8

Sylvia Treudl (Hrsg.): **Domino mit Domina**. Erotische Geschichten von Frauen.
180 Seiten, öS 198.–/DM 28.–
ISBN 3-900399-20-4

Sylvia Treudl (Hrsg.): **Drama Dreieck**. Anthologie
220 Seiten. öS 248.–/DM 36.–
ISBN 3-900399-41-7

Eva Anna Welles: **Am Rande der Geschichte**. Roman. Mit Illustrationen von Anna Petschinka
192 Seiten, öS 248.–/DM 36.–
ISBN 3-900399-45-10

Arbeite Frau, die Freude kommt von selbst! 25 Frauen schreiben über die Berufswelt.
220 Seiten, öS 136.–/DM 18.–
ISBN 3-900399-03-4

Querflöte. Märchen und fantastische Erzählungen. Mit Illustrationen von Isolde Jurina
220 Seiten, öS 188.–/DM 25.–
ISBN 3-900399-10-1

DOKUMENTATION

Ulrike Längle (Hrsg.): **Mir Wibar mitanand**. Texte von Frauen.
340 Seiten, 80 S/W-Abbildungen, öS 248.–/DM 35.–
ISBN 3-900399-48-4

PHASETTEN

PHASETTEN 2: Eva Laber: **Dorfgeschichten**.
50 Seiten, öS 98.–/DM 14.–
ISBN 3-900399-16-6

PHASETTEN 3: Karin Schöffauer: **So fühlt sich der Mond im Fleische...** Texte und Zeichnungen
60 Seiten, öS 98.–/DM 14.–
ISBN 3-900399-17-4

PHASETTEN 4: Barbara Neuwirth (Hrsg.): **Im kleinen Kreis**. Kriminalgeschichten von Frauen.
120 Seiten, öS 98.–/DM 14.–
ISBN 3-900399-19-0

PHASETTEN 5: Sylvia Treudl (Hrsg.): **Fell aus Titan**. Gedichte zum Thema Schmerz
112 Seiten, öS 98.–/DM 14.–
ISBN 3-900399-27-1

REIHE FRAUENFORSCHUNG

Band 2: Katharina Riese: **In wessen Garten wächst die Leibesfrucht**. Das Abtreibungsverbot und andere Bevormundungen, Gedanken über die Widersprüche im Zeugungsgeschäft.
152 Seiten, öS 120.–/DM 17.–
ISBN 3-900399-06-9

Band 4: Doris Pleiger/Eveline Egger: **Geburt ist keine Krankheit**. Hausgeburt ist auch eine Möglichkeit zu entbinden
152 Seiten, öS 218.–/DM 32.–
ISBN 3-900399-12-3

Band 5: Luce Irigaray: **Zur Geschlechterdifferenz.** Interviews und Vorträge. Aus dem Französischen von Xenja Rajevsky, mit einem Vorwort von Karin Rick.
163 Seiten, öS 240.–/DM 34.–
ISBN 3-900399-14-X

Band 6: Gertrude Pauritsch/Beate Frakele/Elisabeth List (Hrsg.): **Kinder machen**. Strategien der Kontrolle weiblicher Fruchtbarkeit. Mit einem Vorwort der Herausgeberinnen
280 Seiten, öS 218.–/DM 32.–
ISBN 3-900399-22-0

Band 7: Anita Pramer: **Valie Export – – eine multimediale Künstlerin**. mit zahlreichen Farb- und S-W-Abbildungen
218 Seiten, öS 248.–/DM 35.–
ISBN 3-900399-25-5

Band 8: Barbara Neuwirth (Hrsg.): **Frauen, die sich keine Kinder wünschen**. Eine liebevolle Annäherung an die Kinderlosigkeit. Mit einem Vorwort der Herausgeberin
288 Seiten, öS 240.–/DM 34.–
ISBN 3-900399-26-3

Band 9: Edith Specht: **Schön zu sein und gut zu sein**. Mädchenbildung und Frauensozialisation im antiken Griechenland. Mit 17 Abbildungen
192 Seiten, öS 218.–/DM 32.–
ISBN 3-900399-30-1

Band 10: Brigitte Kossek/Dorothea Langer/Gerti Seiser (Hrsg.): **Verkehren der Geschlechter**. Reflexionen und Analysen von Ethnologinnen. Mit 19 Abbildungen und einem Vorwort der Herausgeberinnen
320 Seiten, öS 240.–/DM 34.–
ISBN 3-900399-31-X

Band 11: Diotima - Philosophinnengruppe aus Verona: **Der Mensch ist zwei**. Das Denken der Geschlechterdifferenz. Mit einem Vorwort von Ingvild Birkhan, übersetzt von Veronika Mariaux
240 Seiten, öS 240.–/DM 34.–
ISBN 3-900399-36-0

Band 12: Marie-Thérèse Kerschbaumer: **Für mich hat Lesen etwas mit Fließen zu tun...** Gedanken zum Lesen und Schreiben von Literatur
192 Seiten, öS 218.–/DM 32.–
ISBN 3-900399-34-4

Band 13: Gertrud Simon/Ingrid Spörk/Brigitte Verlic (Hrsg.): **Die heilige Familie — vom Sinn und Ansinnen einer Institution**
Mit 6 Abbildungen und einem Vorwort der Herausgeberinnen
227 Seiten, öS 240.–/DM 34.–
ISBN 3-900399-38-7

Band 14: Herta Nagl-Docekal/Herlinde Pauer-Studer (Hrsg.): **Denken der Geschlechterdifferenz**. Neue Fragen und Perspektiven der feministischen Philosophie. Mit einem Vorwort der Herausgeberinnen
192 Seiten, öS 240.–/DM 34.–
ISBN 3-900399-43-3